O Todomeu

Do autor:

Um Fio de Fumaça

A Ópera Maldita

Por uma Linha Telefônica

Temporada de Caça

Água na Boca (com Carlo Lucarelli)

O Todomeu

Andrea Camilleri

O Todomeu

Tradução
Ana Maria Chiarini

Rio de Janeiro | 2015

Copyright © 2013 Arnoldo Mondadori Editore S.p.A., Milano.

Título original: *Il tuttomio*

Imagens de capa: ©iStock.com/allgord | ©iStock.com/ilbusca

Capa: Oporto design

Editoração: FA Studio

Texto revisado segundo o novo
Acordo Ortográfico da Língua Portuguesa

2015
Impresso no Brasil
Printed in Brazil

Cip-Brasil. Catalogação na publicação
Sindicato Nacional dos Editores de Livros. RJ

C19t	Camilleri, Andrea, 1925-
	O todomeu / Andrea Camilleri; tradução Ana Maria Chiarini. — 1. ed. — Rio de Janeiro: Bertrand Brasil, 2015.
	140 p.; 23 cm.
	Tradução de: Il tuttomio
	ISBN 978-85-286-1809-9
	1. Romance italiano. I. Chiarini, Ana Maria. II. Título.
14-17333	CDD: 853
	CDU: 821.131.3-3

Todos os direitos reservados pela:
EDITORA BERTRAND BRASIL LTDA.
Rua Argentina, 171 — 2º andar — São Cristóvão
20921-380 — Rio de Janeiro — RJ
Tel.: (0xx21) 2585-2070 — Fax: (0xx21) 2585-2087

Não é permitida a reprodução total ou parcial desta obra, por
quaisquer meios, sem a prévia autorização por escrito da Editora.

Atendimento e venda direta ao leitor:
mdireto@record.com.br ou (0xx21) 2585-2002

O Todomeu

Um

Giulio a desperta, beijando de leve a ponta de sua orelha, e sussurra:

— Ari, estou indo, querida.

Ela ouviu, entendeu, mas ainda não está em condições de responder.

Giulio repete, sem saber se conseguira despertá-la:

— Ari, Ari, querida... Tenho que ir.

— Mas que horas são? — pergunta ela com a voz empastada e os olhos insistentemente fechados.

— Sete e meia.

— Ai, meu Deus!

Por um instante continua recusando-se a recobrar a consciência, entrincheirada numa escuridão profunda.

Então, abre os olhos, levanta um pouco a cabeça.

Os vãos entreabertos da janela deixam penetrar fachos de luz assassina.

Ela é forçada a piscar os olhos com força para focar a imagem do quarto.

Giulio, em pé ao lado da cama, exala loção pós-barba, completamente vestido, pronto para sair.

— Então, como ficamos? — pergunta ele. — Você vai sozinha ou quer que eu passe para buscá-la mais tarde e vamos no meu carro?

— A que horas você acha que vai sair do escritório?

— Não antes das dez, dez e meia.

— Ah, não. Você não chega aqui antes das onze. Não, vai ficar muito tarde. É melhor você me encontrar lá.

— A que horas você marcou com ele?

— Às onze. Avisou o Franco?

— Vou telefonar pelas nove.

— Você não vai esquecer? Depois eu chego de surpresa e aquele...

— Não, pode ficar tranquila. Eu aviso. Até depois, Ari.

— Tchau, Giulio. Ah, você diz para a Elena...

— Pode deixar.

Ariadne encosta a cabeça novamente no travesseiro, estica o lençol amarrotado até cobrir todo o rosto, fecha os olhos.

Segura a respiração por alguns segundos, se esforça em se imaginar morta, dormindo num caixão. Mas a tentativa é inútil, está irremediavelmente viva.

E, portanto, tem de se comportar como se comportam os vivos.

Inspira profundamente, enche os pulmões com o próprio cheiro noturno que o lençol aprisionou.

Faz calor, deve ter suado muito, e ela adora o próprio suor.

Descobriu que tem dois tipos de suor, cada um com um cheiro característico.

O suor produzido pelo calor cheira a água de colônia fresca e tem cor verde-esmeralda, o suor que exala durante o sexo tem perfume forte de almíscar e cor verde-escura.

Ergue um braço até encostar a axila no nariz; fica assim por um tempo, respirando-se.

Agora, sim, voltou a estar totalmente viva.

Sente o coração que pulsa forte e rítmico — tum, tum, tum — e ressoa dentro de seus ouvidos como o relógio de uma bomba pronta a explodir.

Move repetidamente os dedos do pé esquerdo: os dobra e estica.

O TODOMEU

— Olá, pé! Como vai?

Faz o mesmo com o outro.

— E você?

Agora uma das mãos escorrega pelas pernas e acaricia a panturrilha esquerda.

— Oi, panturrilha!

Quando era adolescente, cismava que suas panturrilhas eram muito grossas, iguais às das camponesas de sua região e, todo dia, ao acordar, gastava pelo menos meia hora massageando-as, na esperança de afiná-las.

E mais jovem ainda, morria de medo de que seus peitos crescessem muito. Escondida da avó, enfaixava o tórax bem apertado e quase não conseguia respirar. Na rua, caminhava encurvada, de ombros caídos, tentando disfarçar qualquer protuberância.

Quem a convenceu de que tinha pernas maravilhosas e peitos fenomenais foi o professor de filosofia do terceiro ano, aquele de nome engraçado, Adelchi, que, fora do horário das aulas, a colocava em exposição, nua, diante do espelho.

Quando ouve as batidas discretas de Elena na porta do quarto, já deu bom-dia a todas as partes de seu corpo até chegar ao pescoço.

— Pode entrar.

— Dormiu bem, dona Ariadne?

Não responde. Conversar antes do café é praticamente impossível. Trocar duas palavras com o Giulio já havia sido um esforço extraordinário.

Elena apoia a bandeja com a xícara em cima do criado-mudo.

— Quer que eu abra toda a janela?

— Não.

— Posso preparar o banho?

— Pode.

Assim que Elena sai do quarto, recomeça a cerimônia.

— Oi, queixo.

Depois de cumprimentar os cabelos, se senta na cama, recosta em dois travesseiros, alcança a xícara de café amargo e a leva aos lábios.

Então, acende o primeiro cigarro do dia.

Aspira lentamente, distanciando uma tragada da outra, e segura a fumaça lá dentro o quanto pode.

— O banho está pronto, dona Ariadne.

Apaga o cigarro, se desvencilha do lençol, atravessa o hall do banheiro, que Elena deixou todo iluminado.

Tira a camisolinha transparente e se olha no espelho do tamanho de meia parede.

Nada mau. Nada mau para quem acabou de fazer trinta e três anos há quatro dias.

Flexiona as pernas, inclina o tronco para frente, para um lado e para o outro, mas não é ginástica, nunca fez exercício, é só um modo de examinar o corpo.

Satisfeita, se sente alongada, flexível, solta, um mecanismo de precisão bem-construído e bem-mantido, pronto para ser colocado em movimento ao primeiro comando.

Acomoda-se no vaso. Todas as suas funções são ativadas à perfeição.

Cantarola.

Nunca foi capaz de guardar na memória as letras das canções.

E pensar que passou noites inteiras dançando, escutando milhões de vezes a mesma música.

Só sabe uma letra de cor, a ouviu no rádio, devia ter uns doze anos ou pouco menos; nunca mais a esqueceu, e é o que canta sempre que fica sozinha. É um segredo seu, e o cozinha com todos os temperos, inclusive com o ingrediente do jazz, que aliás combina muito bem, e as palavras recitam:

O TODOMEU

Dies irae, dies illa,
solvet saeclum in favilla...

Em seguida entra na banheira. Alonga todo o corpo com um suspiro de felicidade.

Por que não ficar assim por horas e horas? Olhos fechados, a água acariciando a pele? Apenas sentindo-se viver?

Como naquela vez com Marcello, que quis tomar banho junto.

Entraram na banheira às nove da manhã e saíram quando já passara do meio-dia.

A pele dos dois toda esbranquiçada, cheia de rugas.

Mas eles teriam ficado ali por mais tempo se Marcello não tivesse levado um susto.

Que bobo!

De vez em quando, tinham de abrir a torneira de água quente para não ficarem resfriados.

Não era uma jacuzzi, só uma banheira comum, mas, no hotel de Fiesole, os apartamentos eram decorados com móveis antigos, e a banheira também seguia esse estilo; apenas era um pouco mais larga e comprida do que as banheiras modernas.

Que bobo o Marcello!

Na segunda vez, ela disse que queria ficar por cima, e ele se deitou com a água cobrindo até a metade do peito.

E então, na hora H, de surpresa, ela o agarrou pelos ombros e o empurrou para baixo. Marcello acabou totalmente submerso.

Imediatamente ele tentou se levantar, mas ela, com as duas mãos apoiadas na testa dele e com todas as forças de que dispunha, não deixou.

Logo Marcello começou a dar pontapés, tentando derrubá-la dali. Não estava mais dentro dela, impotente de medo. Porém, ela continuou mexendo-se em cima dele, por mais alguns instantes.

Até se sentir satisfeita.

Finalmente fora da água, Marcello se estendeu no chão ao lado da banheira, puxando o ar como um fole.

— Mas você está doida?! Hein? Doida?! Queria me afogar?

Entra na garagem.

Perdeu tempo trocando de roupa.

Primeiro colocou calça jeans, camisa e sandálias, mas logo se deu conta de que os jeans eram pesados demais para todo aquele calor. Por fim, escolheu uma espécie de túnica azul, bem leve.

Giulio preferiu ir com o Volvo, deixando para ela o Mercedes e o pequeno Toyota.

Ariadne se decide pelo Toyota. Joga no banco traseiro a bolsa grande e o saco plástico com a água e os sanduíches que Elena preparou, põe os óculos, liga o carro e sai.

Numa das visitas a Canneto, fizeram a bobagem de ir com o Mercedes conversível, uma verdadeira joia prateada.

Ao fim do dia, quando resolveram voltar para casa, descobriram que uns cretinos haviam conseguido fazer xixi dentro do carro, através de um vão do vidro da janela deixado aberto para circular o ar.

Canneto é um trecho de praia isolado, frequentado por valentões e garotos de programa que parecem imitar suas próprias caricaturas.

A primeira vez em que estiveram por lá, um ano atrás, Giulio, com a carteira nas mãos, tratou tudo com Franco, o comerciante safado que não se incomoda em demonstrar, nos mínimos gestos, a escória a que pertence.

O TODOMEU

E o homem logo fez o favor de sugerir a todos que não mexessem com o casal, que era complicação na certa.

De fato, os quatro jovens garanhões que caminhavam na praia se limitaram a se acomodar a uma distância segura, sem sequer lançar um olhar naquela direção.

Ela começara a ler o romance policial que trouxera na bolsa. Giulio, deitado a seu lado, abrira o jornal.

Num certo momento, um dos rapazes se levantou e chamou um companheiro. Começaram a lutar, de brincadeira, mas, principalmente, para chamar a atenção e se exibir diante dela.

Dez minutos depois, os corpos engalfinhados brilhavam de suor, esquivavam dos golpes, enguias espertas, esculturas vivas de gladiadores, e a luta, de jogo, ia transformando-se em algo mais sério. Agora não riam mais, ao contrário: seus lábios deixavam escapar gemidos, rosnados, lamentos, e as mãos ferozes apertavam com tanta força a pele bronzeada do adversário que deixavam marcas brancas, de carne ferida, rasgada.

E vez ou outra, quando o abraço se afrouxava, desferiam cabeçadas violentas, iguais àquelas dos touros.

Caíam na areia e se reerguiam, ou rolavam fundidos nos braços um do outro, de modo quase tão obsceno quanto num ato de violência sexual.

E os outros dois espectadores os encorajavam, os incitavam sem parar com gritos e vozes roucas.

De repente, o calção de um deles escorregou para baixo, descobrindo todo o sexo túrgido e ereto, mas o rapaz nem se deu conta e continuou a lutar.

Mas o adversário não ignorou a cena e, com uma das mãos, agarrou os testículos expostos e os torceu.

Então Ariadne desviou o olhar e fechou os olhos, tentando controlar a respiração cada vez mais ofegante.

Giulio, relaxado na areia, adormecera.

Logo na segunda visita a Canneto, ela percebeu que, à sua aparição, se acendiam disputas, desafios, competições entre os rapazes da praia.

Punham-se a jogar uma espécie de vôlei até caírem exaustos na areia, ou se lançavam em ferozes batalhas de água.

Tudo para se exibir, para se fazer notar.

Certamente conheciam o motivo da presença dos dois ali.

Talvez fosse assim antigamente, no comércio de escravos.

Obrigavam-nos a lutar, correr, pular, para depois comprarem os mais resistentes, os mais musculosos.

Bem, isso não quer dizer que os mais musculosos sejam os mais...

Ela sorri.

A primeira vez que viu Angelo, estava saindo do mar e ficou literalmente paralisada, sem fôlego. Como um soco no estômago. Parado na beira da praia estava um jovem de vinte e cinco anos de uma beleza estonteante, alto, louro, que tinha até mesmo o nariz grego.

Tinha também um feixe de músculos que se moviam sob sua pele como serpentes. Era uma prancha anatômica que magicamente ganhou vida.

Ela fora se deitar na esteira. Giulio também o observava, hipnotizado.

Depois, a pedido dos amigos, o jovem começou a se exibir, fazendo aquelas poses clássicas dos fisiculturistas.

Ariadne, seguindo com fascinação os movimentos, se sentia perturbada.

— Parabéns! — gritou Giulio no final.

Ela aplaudiu.

O TODOMEU

O rapaz agradeceu com uma inclinação do tronco e caminhou lentamente até eles.

— Pode se sentar conosco — disse Giulio, apontando para sua cadeira reclinada.

Mas o rapaz preferiu se sentar na areia.

— Meu nome é Angelo.

Mais tarde, já longe de outros olhares, quando tirou a sunga, veio a surpresa.

Tinha um pintinho que nem podia ser chamado assim, era antes um ovinho, um gracioso botãozinho, mal perceptível em meio ao amontoado de músculos que o circundavam.

Ariadne foi dominada por uma gargalhada tão ruidosa que não conseguia se recobrar.

Distraiu-se, não percebeu que está correndo tanto que a entrada para Canneto já aparece a poucos metros.

Vira sem diminuir a velocidade.

O carro logo atrás buzina raivoso. Os pneus de seu automóvel cantam alto, mas aderem na pista e ela consegue dobrar a estrada.

Então alguma coisa se choca com violência contra o para-brisa.

"Uma pedra", pensa.

Ela pisa no freio. Felizmente nenhum outro carro vinha atrás.

O puxão do cinto de segurança machucou seu peito. Ela se solta, afunda a mão no decote e se massageia docemente.

Não, não era uma pedra, senão o para-brisa teria rachado.

Enxerga manchinhas vermelhas no vidro.

Abre a porta, sai do carro.

Foi um grande pássaro negro, um corvo, uma gralha, vai saber, que bateu contra o automóvel e agora agoniza na margem da estrada.

Por que voava tão baixo? Talvez estivesse seguindo uma presa e a coisa deu errado, não percebeu a tempo que o carro se aproximava.

Ariadne se agacha, o observa.

O pássaro está caído de lado, abre e fecha repetidas vezes o bico todo sujo de sangue, como se quisesse dizer algo; deve estar com as asas e as patas quebradas. Respira com dificuldade, as penas do peito em contínuo movimento.

Os animais sofrem como os homens?

E morrem do mesmo jeito?

Ela gostaria de vê-lo morrer, mas pode ser que o pássaro ainda agonize por um bom tempo e ela acabaria atrasando-se.

Tem uma ideia.

Levanta-se e com um pé desloca delicadamente o corpo do pássaro até posicioná-lo à frente do carro.

Entra, se move uma dezena de metros em marcha a ré, freia e parte outra vez, lentamente.

Daí, olha no espelho retrovisor.

Agora há apenas uma grande mancha negra e vermelha no asfalto.

Dois

Ariadne estaciona. Ainda é muito cedo, são nove e quarenta da manhã do dia catorze de junho, mas já faz um calor infernal. Ela tem praticamente todas as vagas do estacionamento à sua disposição, apenas dois carros e três motos começam a torrar ao sol.

Além do mais, é quinta-feira; a invasão dos bárbaros, em geral, tem início na sexta e atinge seu ponto máximo no domingo de manhã.

Apanha a bolsa e o saco plástico do banco traseiro, sai, trava o carro e passa debaixo da placa em forma de ferradura com o improvável letreiro "Costa dos Pinheiros" — por quilômetros não se encontra uma árvore sequer. Entra no estabelecimento que comercializa equipamentos de praia, barracas e cabines reservadas.

No quiosque onde fica a caixa registradora, Franco a cumprimenta.

— Bem-vinda, dona Ariadne. Seu marido telefonou. Está chegando sozinha?

É a primeira vez, sempre vem com Giulio.

— Ele já está a caminho.

— A cabine número seis, como sempre — diz Franco, entregando-lhe uma chave.

A última no final da praia.

— Obrigada.

— A senhora já vai querer a espreguiçadeira?

— Sim.

— Do lado de fora ou dentro?

— Dentro.

— Levo já.

Pisar na areia é exatamente como avançar pela porta de um forno.

O vapor provocado pelo calor embaça a linha do horizonte, que se confunde com o mar.

Quase à beira-mar, os quatro únicos guarda-sóis do estabelecimento já estão abertos e as cadeiras reclinadas, mas os banhistas não são mais do que cinco. Nem notam a sua chegada.

Melhor assim.

Quando passa na frente da cabine número cinco, aquela exatamente ao lado da sua, vê um menino com uma mochila nas costas, de uns dezessete anos, engraçadinho: cabelo encaracolado, tostado de sol. Está abrindo a porta.

Eles se olham, o rapaz entra na cabine e a fecha.

Ariadne não, deixa a porta aberta. O interior do compartimento, mais comprido do que largo, é deprimente e muito abafado. Nem uma cadeira, nem um banco. Só quatro cabides de madeira pregados nas paredes.

Ao lado da porta, um espelhinho de plástico cor-de-rosa dependurado num prego. Esquecido por alguém depois da quinta-feira passada, quando Giulio e ela estiveram ali pela última vez.

Quer tirar a roupa, mas não pode, tem de esperar Franco com a espreguiçadeira.

Encosta-se no batente, olha o mar.

Tão calmo que as ondas não recuam depois da arrebentação.

A água preguiçosa deve provocar ainda mais preguiça.

Mas quanto tempo leva o menino ao lado para se trocar e aparecer de sunga?

Finalmente Franco chega, abre a espreguiçadeira, lhe deseja boa praia e vai embora.

O TODOMEU

Ariadne fecha a porta, mas sem trancá-la. Tira as roupas rapidamente. Fica nua.

Aproxima o ouvido da parede de reboco, tentando ouvir os movimentos do vizinho. Nada.

Mas o que estará fazendo o garoto? Tem vontade de rir.

Inclina-se um pouco, observa pelo inevitável vãozinho indiscreto.

O rapaz ainda está completamente vestido, tirou a mochila das costas, tem a camisa aberta, que deixa entrever os poucos e finos pelos louros de seu peito, se apoia na parede da cabine, com a cabeça cheia de cabelos encaracolados voltada para os tênis azuis.

Ariadne puxa a confortável espreguiçadeira que Franco colocou virada com os pés para a porta, de forma que fique perpendicular às duas paredes laterais. Mal consegue entrar.

Tira da bolsa o biquíni, a toalha de praia, um maço de cigarros, o isqueiro.

Deita-se, ainda nua; acende um cigarro e começa a fumar.

A parede à sua frente é aquela do buraquinho indiscreto.

Separa as pernas até que os pés toquem o chão ao lado da espreguiçadeira.

Olha as horas. Faltam cinco minutos para as dez.

Giulio certamente não chegará antes das onze.

Agora sente o olhar do menino escaneando seu corpo como um laser.

Termina com calma o cigarro. Joga o toco no cimento e o apaga.

Depois, fazendo sinal com o indicador, convida o rapaz a se aproximar.

Por alguns poucos segundos, a luz do sol irrompe na cabine, mas logo desaparece.

O garoto entrou.

— Tranca a porta — diz ela.

O garoto obedece, mas não sai do lugar.

— E então?

— Não sei se...

Ela se ergue ligeiramente na espreguiçadeira, apoiando-se nos cotovelos; o observa muda.

Ele está com a mesma sunga preta da outra vez.

E, além do mais, faz um biquinho delicioso com os lábios, tão vermelhos e cheios que parecem siliconados.

— O que você tem? — pergunta ela.

— Fiquei pensando que não é o caso.

— Como assim não é o caso?

Ele não responde.

Olha para a frente, evitando olhar para o corpo nu de Ariadne.

Ela agora precisa de uma explicação; podia esperar tudo, menos esse comportamento inseguro. Aliás, para dizer a verdade, tinha se preparado para o ataque de um adolescente, impetuoso, violento e, talvez, rápido demais. O clássico fogo de palha de muito jovens.

— Escuta aqui, mas foi você que na quinta passada me disse que queria me encontrar sozinha antes da última vez. Não foi isso?

— Foi.

— E eu fiz a sua vontade, como você pode ver.

— É, mas...

— Ontem à noite, telefonei para você escondida do Giulio para dizer que podíamos nos ver por uma hora, sozinhos. Bem, aqui estou eu, aí está você. O que é que há?

— É que o seu marido... Ele me dá...

— O que ele dá em você? Pena? Nojo?

— Não, medo.

Ariadne cai na risada.

O TODOMEU

— O que é isso, Mario? Giulio pondo medo em alguém! É como se assustar com um carneirinho. Pena que eu não posso sair por aí contando isso! Todo mundo ia morrer de rir!

Ele faz uma careta.

— Vai, deixa disso. Vem cá.

Senta-se na espreguiçadeira. Mario dá dois passos na direção dela a contragosto, sentando-se ao seu lado.

— Quer um cigarro?

— Quero.

Ariadne tira o cigarro do maço, o prende nos lábios, acende, dá uma tragada e passa para ele.

Enquanto Mario fuma, ela se enrosca na cintura dele, o aperta e puxa para si.

Ele não oferece resistência.

Ariadne se pergunta por que aceitara o pedido de Mario, sussurrado ao seu ouvido enquanto Giulio procurava a carteira.

Não que o rapaz tivesse sido particularmente brilhante, mas Ariadne desconfiou que ele havia acionado uma espécie de freio inibidor, alguma coisa que servia para ocultar uma natureza diferente sua.

Teria aceitado por curiosidade?

Ou, quem sabe, pela lembrança do cheiro que ele exalara?

Então Ariadne se inclina e encosta a cabeça em seu peito.

Deus do céu, como cheira bem!

Como pão recém-saído do forno.

O mesmo cheiro de quando, ainda menina, sua avó depositava na palma de sua mão o pãozinho redondo, preparado especialmente para ela, e o segurava firme, deixando que queimasse sua pele, de forma que o perfume perdurasse por mais tempo.

Não resiste. Com a ponta da língua, começa a lambê-lo.

Então, empurrando-o para trás, o obriga a se deitar na espreguiça-deira.

Agora, com a língua, percorre avidamente todo o seu corpo.

Mario joga fora o cigarro, deixando-se levar passivamente.

Ela morre de vontade de mordê-lo, já experimentou sua carne cro-cante como um biscoito, mas não pode, tem medo de deixar marcas.

Mais tarde, Giulio poderia perceber.

Tira a sunga dele, e o garoto deixa que ela faça tudo, meio pregui-çoso, meio conformado.

No fim, Mario a empurra, saindo debaixo dela. Ele fica em pé, pega o maço e acende um cigarro.

— Você quer me ver de novo a sós? — pergunta Ariadne.

— Eu queria, mas...

— Mas o quê?

— Sabe que não vou poder ver você de novo, nem sozinha nem com ele. O seu marido foi muito claro. Duas vezes e acabou. Ele disse que essa era a regra.

— Sim, tudo bem, mas as regras podem ser burladas.

— Como?

— Como fizemos hoje.

Mario pensa.

Faz um biquinho.

— Bem, e depois que você ficar comigo, vai ficar com outro?

Ela se surpreende.

— Não vai dizer que está com ciúmes!

— Não.

— E então? Combinado?

— Combinado.

Ariadne sorri. Agora tem de representar direitinho. Faz uma careta.

— Mas... Vamos fazer um acordo.

— Que acordo?

— Se você estiver com a mesma vontade de hoje, é melhor deixar para lá.

Ele para de se vestir na metade, uma das pernas já estava na sunga.

— Vontade eu tinha, mas também tinha medo. Ainda bem que depois passou.

— Passou? — pergunta ela, irônica.

A mulher começa a rir escandalosamente, jogando a cabeça para trás, tentando provocá-lo.

— Está rindo de quê?

— O medo passou! — repete Ariadne, gargalhando. — Vai, vai embora, valentão!

Ele desfaz o biquinho e agora morde o lábio inferior. Um brilho estranho se acende em seus olhos.

— Se não parar de rir, dou um murro em você!

— E de onde é que você vai tirar força para me dar um murro, moleque?

Ariadne continua gargalhando, a fala entrecortada pelo riso.

— E quando foi que passou o medo, heroizinho de merda? Hein, moleque, diz para mim. Você estava tão assustado enquanto eu comia você que não estava nem aguentando, você nem...

Mario emite uma espécie de rugido.

Avança sobre ela, segurando-a pelos quadris, e levanta todo o seu corpo no ar.

Quanta força escondida tem esse garoto!

Ela se contrai toda, agarrando-se a ele com as pernas cruzadas nas suas costas.

Poucos segundos de uma violência extraordinária que arrebatam Ariadne como um maremoto, como a fúria cega de uma catástrofe natural.

O eco de seu longo grito de prazer ainda ressoa dentro da cabine, quando Mario, chegando ao fim, a abandona, largando o corpo inerte da mulher na espreguiçadeira.

Então, veste a sunga sem dizer nenhuma palavra e vai embora.

Pois bem, ela tinha adivinhado: esse garoto, se bem provocado, reage do jeitinho que lhe agrada.

Espera que a respiração volte lentamente ao normal e cheira as gotas de suor que escorrem de seus braços; têm cheiro de musgo. Lambe-as uma a uma.

Não tem forças para se levantar, a languidez a domina em ondas de ressaca.

Finalmente, consegue se colocar de pé. Veste o biquíni, pega o celular, desmonta a espreguiçadeira, a carrega para fora da cabine e vai para a areia.

O guarda-sol não é suficiente para protegê-la, é como uma sombrinha velha que deixa passar a chuva.

Não vê Mario nas redondezas e ele também não entrou na água.

São onze e quinze. Liga para Giulio.

— E então?

— Acabei tudo há dez minutos. Em meia hora estou aí.

Levanta-se e deixa o relógio e o celular na cadeira. Ninguém teria coragem de pegá-los para si, todo mundo sabe que estão sob a proteção especial de Franco. Ela entra no mar. A água está horrivelmente quente, talvez mais para o fundo esteja um pouco mais fresca.

É boa nadadora, consegue manter um ritmo constante e harmônico nas braçadas, o que lhe permite nadar por um bom tempo sem sentir cansaço.

O TODOMEU

Coloca-se de costas, boiando, deixando-se levar pela correnteza. Mantém os olhos fechados porque a luz é ofuscante.

Porém, agora o sol é agradável como uma mão amorosa sobre a pele.

Fingir-se de morto — é assim que se diz quando a pessoa boia como ela neste momento.

Entretanto, se a pessoa estivesse realmente morta, ela flutuaria melhor ou iria para o fundo?

Prende a respiração, em um teste. Não, é igual.

Viva ou morta, para o mar não faz diferença. Então é melhor puxar o ar com força e inspirar bem profundamente.

Fica um pouco assim e então recomeça a nadar para a praia.

A um certo ponto, percebe que pode tocar o chão. Fica de pé, e a água chega até o seu pescoço.

Nada de Giulio ainda.

Vê apenas três pessoas na areia. Duas garotas e um rapaz que não é Mario.

Resolve parar, então; apesar de a água aqui ser uma espécie de sopa, é sempre melhor estar imerso do que torrar debaixo do guarda-sol.

De repente, começa a cambalear; bate os pés, os braços, quase afunda. Está tão surpresa e assustada que não consegue nem gritar. Duas mãos vigorosas debaixo da água abrem suas pernas, algo a penetra com força entre as coxas, um beijo-mordida fere o seu sexo.

Um minuto e acabou.

Tenta investigar o fundo, nada.

Logo depois vê que, a poucos metros, alguém sobe à superfície.

Aquele cretino do Mario quis lhe pregar uma peça. Mas de onde surgiu?

Não, não é o Mario.

E qual é mesmo o nome dele? Ah, sim, Carlo.

O primeiro, do final de abril. E que não lhe deixou boas recordações.

Bem, para falar a verdade, eram péssimas.

Ariadne se sente tomada pela raiva. Esse idiota está cometendo um erro gravíssimo, está infringindo a regra.

E isso não pode ser perdoado.

Porque na segunda e última vez, Giulio exige, pagando generosamente, que desapareçam de Canneto por toda a temporada, que dura até a metade de outubro. E todos, até o momento, respeitaram o acordo.

Mesmo porque Franco os obriga a respeitá-lo.

Agora Carlo a desafia com um sorriso.

— Como vai, linda?

Ela não responde. Caminha sem pressa, sai da água, entra no quiosque. Franco a vê se aproximar e vai ao seu encontro.

— Posso ajudar, dona Ariadne?

— Fui incomodada.

— Por quem?

— Por esse aí.

Ela observa Franco que, da areia, convida Carlo a sair do mar. Quando o jovem chega ao seu lado, o comerciante coloca uma das mãos em seu ombro, o guia até o quiosque, falando a meia-voz, com um jeito amigável e sorrindo sempre.

Ela se afasta para deixá-los passar.

Três

Mas assim que entram, Franco se vira e desfere um pontapé poderoso no baixo-ventre de Carlo, que cai no chão urrando de dor. E, logo, um outro golpe o atinge na boca, rasgando seus lábios.

Sob fortes chutes nas costas, deixando atrás de si, no chão, um rastro de sangue, Carlo é escorraçado do quiosque pela saída do estacionamento.

Ariadne toca com os pés descalços o sangue e começa a apagá-lo com a areia.

Sente arrepios na espinha e uma forte onda de calor que vem de baixo.

Franco retorna, esfregando as mãos na calça.

— Pode ficar tranquila, dona Ariadne. A senhora não vai mais ver esse sujeito. Permite que eu peça um favor?

Ariadne faz que sim com a cabeça.

— É melhor não dizer nada ao seu marido. Esse cafajeste deve ter chegado aqui pelo mar de outro ponto da praia.

Evidentemente está preocupado com a chance de perder a soma respeitável que recebe de Giulio; prefere que tudo proceda sem aborrecimentos.

— Está bem. — Ariadne consegue dizer com esforço.

Para aplacar a agitação, decide voltar para a água.

· · ·

— Você está com fome?

— Não — responde Giulio. — E você?

— Também não.

Giulio vestiu a bermuda, calçou um par de mocassins feitos à mão e sob medida. Parecem confeccionados de pele humana, macios, mais confortáveis que uma luva. Às vezes, Ariadne se diverte em acariciá-los.

Giulio nunca entra no mar, se permite apenas o banho de sol.

— E Mario? — pergunta.

— Chegou pelas onze, eu o vi caminhando pela areia, depois desapareceu.

Ficam em silêncio por alguns segundos, então ela diz baixinho:

— Hoje de manhã fiz uma coisa terrível.

— O que você disse?

Esqueceu que ele ouve mal do ouvido direito.

É o único problema devido à idade.

Quanto ao resto, é possível dizer que não aparenta os seus sessenta anos.

Giulio assume um ar clerical.

— Vamos, filhinha, pode se confessar.

— Não brinca com isso, fiz uma coisa realmente deplorável.

Giulio fica sério.

— Algo que vai me irritar?

— Não tem nada a ver com você.

— Nem indiretamente?

— Não.

Giulio, aliviado, retoma o ar clerical.

— Qual é a sua culpa, minha filha?

E Ariadne conta tudo, num fôlego, sobre o pássaro e como acabou por esmagá-lo com as rodas do carro.

Giulio sorri.

— Só isso?

— E já não está bom?

— Você, como sempre, julgando mal as próprias ações.

— Por quê?

— Porque o seu gesto não foi um gesto de crueldade, como você está pensando.

— E então o que foi?

— Exatamente o contrário.

— Não entendo.

— Foi um gesto inconsciente de piedade. Você quis encurtar a agonia do bichinho. Escuta, vou contar uma história real. Uma vez, durante a Grande Guerra, aquela de 1914 a 1918, um médico alemão se viu dentro de uma caverna com uma dezena de soldados moribundos. Não tinha nada à disposição para aliviar o sofrimento daqueles homens, apenas morfina em grande quantidade. Fez com que eles morressem rapidamente, injetando-lhes altas doses. Você chamaria isso de um homicídio múltiplo?

Tão inteligente o Giulio!

Num ímpeto, Ariadne se vira para o marido e o beija na boca.

Ele tirou um grande peso de suas costas.

Deus, ela o ama tanto! E ele a compreende tão bem!

Totalmente diferente do idiota do Vanni!

Por exemplo, daquela vez... Quando foi? Ah, sim, três anos atrás, no inverno, quando ela e Giulio, naquela casa noturna, conheceram Ernesto, que era eletricista, tinha vinte anos, parecia uma boa pessoa e, no entanto...

Foram para o apartamento que Giulio havia comprado justamente para isso; aliás, ela precisa dar um pulo até lá, a torneira do lavabo estava pingando em abril. Será que encontraria tudo alagado? No que estava pensando antes? Ah, sim, foram para o apartamento e já tinham feito tudo quando o sujeito, Ernesto, em vez de se vestir, diz para Giulio que quer fazer de novo, mas por trás. Diz para Giulio, não para ela.

Ariadne se irrita.

E ela o que é? Só um buraco à sua escolha?

Além do mais, já são duas da madrugada e ela está cansada. Pede a Giulio para pagar e se livrar dele.

Como resposta, o canalha se lança sobre ela, enfia a língua na sua boca e tenta jogá-la de bruços na cama.

Ariadne sente o sangue ferver. Ao alcance da mão, no criado-mudo, vê a pistola que Giulio sempre carrega quando saem para um encontro e que tirara do bolso porque estava incomodando.

Ela a segura pelo cabo e o golpeia na cabeça com o cano, usando toda a sua força.

O sangue começa a jorrar como se ele fosse um porco sendo abatido; rapidamente o lençol se tinge de vermelho.

Ele começa a gritar com uma voz tão aguda que a atordoa, está apavorado com o sangue que o cega.

Ela o golpeia de novo, nos dentes.

O cretino para de gritar, não consegue mais, levando as mãos à boca.

Ela dá outro golpe na cabeça dele, que cai na cama, meio desmaiado.

Então Ariadne dá um salto, agarra um travesseiro e o aperta contra o rosto do homem, sentando em cima.

Giulio finalmente se recupera da paralisia que o imobilizara.

— Desse jeito você vai sufocá-lo.

Ela não responde. Faz força.

Olha as pernas do cretino se agitarem no ar cada vez mais lentamente, até que despencam sobre o colchão, movendo-se ligeiramente.

— Agora chega — fala Giulio.

O TODOMEU

Ele a puxa pelo braço. Ela não oferece resistência. Levanta o travesseiro. O vagabundo ainda está vivo.

— *Você vai tomar um banho, se vestir e voltar para casa* — *diz Giulio.* — *Eu cuido disso.*

Ariadne pega as roupas, as meias, os sapatos, vai para o banheiro e se olha no espelho.

Está toda vermelha de sangue: no rosto, nos braços, no peito, na barriga.

Lava apenas os braços e o rosto, e volta para casa.

Quando chega, corre para tirar a roupa.

O sangue manchou sua calcinha. Ela a despe e coloca dentro de um saquinho de nylon, que vai esconder no armário do banheiro. Domingo de manhã, na folga da Elena, o saquinho vai para o lixo.

Retorna ao espelho. Quer observar sua pele suja de sangue. Que vontade de rir!

Apesar de loura, tem a pele naturalmente bronzeada, e aquelas linhas avermelhadas até que lhe caem bem.

Lava as manchas com má vontade.

Giulio volta depois de umas duas horas.

Enquanto ela espera, bebe um whisky assistindo a um filme na televisão, e se dá conta de que, talvez, tenha feito algo muito ruim.

— *Tudo em ordem* — *comenta Giulio.*

— *Eu queria acabar com ele* — *confessa ela.*

Giulio acaricia sua testa.

— *Que acabar que nada, sua bobinha! Você se defendeu. Você não fez outra coisa senão se defender.*

— *Mas eu estava sufocando o sujeito!*

— *Quer apostar comigo que, no último momento, você não ia ter coragem?*

Talvez tivesse. Aliás, nada de talvez, certamente teria coragem. No entanto, se ele está dizendo que não, deve ser verdade.

Ela nunca encontrou um homem que a entendesse tão profundamente quanto ele.

Já o Vanni...

— Não tem mais ninguém por aqui, só nós dois — diz Giulio.

Ariadne olha em volta, quase todos foram embora.

E Mario? O que está pretendendo? Desrespeitar o trato? Ou quer se vingar dela?

Mas eis que é ele saindo do quiosque de Franco em direção à cabine número cinco. Ela olha o relógio: meio-dia. Uma hora de atraso.

— O principezinho chegou.

— Tudo bem, vamos — responde Giulio. — Às três tenho que estar de volta ao escritório.

Mario foi decepcionante, para dizer o mínimo. Giulio vestiu novamente a roupa de trabalho.

— Vou falar com Franco.

Ela, por sua vez, coloca o biquíni, vai tomar uma rápida ducha fria, se enxuga e se veste. Pega então a bolsa e o saco plástico, se aproxima de Giulio e entrega a chave a Franco.

— Até a próxima quinta.

No estacionamento, restam apenas os dois carros.

— Como ficou combinado? — pergunta Ariadne.

— Igual às outras vezes. Ele vai promover o desfile de uns três ou quatro rapazes. Você decide, mas é melhor chegar um pouco antes de mim, lá pelas dez, assim tem mais tempo para escolher.

Exatamente o que ela queria ouvir.

— Vai ter trânsito — diz Giulio. — Você se importa se eu for na frente, e você volta com mais calma? Quero tomar um banho, me trocar e correr para o escritório.

— Pode ir, até mais tarde — responde ela.

Como todas as quintas, eles vão sair para jantar.

Os dias de liberdade de Elena são quinta à tarde até meia-noite e o domingo inteiro.

Giulio voa na estrada. Ela segue tranquila.

Em um certo ponto da estradinha que desemboca na rodovia, ela vê uma caçamba de lixo.

O depósito está abarrotado, há três dias os trabalhadores da limpeza pública estão em greve. Diminui a velocidade, joga fora o saquinho com os sanduíches. A água mineral eles tomaram.

Ao lado da caçamba, no chão, pensa ter visto algo.

Deus do céu, será mesmo? Que sorte!

A única coisa a fazer é voltar atrás para se certificar. Dá marcha a ré, retornando lentamente.

Então, de sua garganta, escapa um gritinho de felicidade.

Sim, tinha visto certo!

Para o carro e sai. Abre o bagageiro, atravessa a estradinha, vai até a lixeira, recolhe do chão os ossos calcinados do crânio de um grande animal, por certo uma vaca. Volta, recobre o crânio com um velho cobertor, o acomoda com cuidado no bagageiro, o fecha, dá a partida.

Está tão contente que inicia a cantar a única música que conhece.

Quando era menina, nas terras da avó, tinha construído o todomeu que ninguém conhecia. Não contara nem para Mariella, a sua melhor amiga, porque o todomeu era todo seu e pronto.

Não podia entrar nenhum estranho.
E, na entrada, por segurança, colocou uma cabeça de vaca.
Quem a tirasse do lugar, morria.

A minha cabeça de vaca
Mata quem a toca
Faz brotar a caca
E o sangue da boca
Aí se morre sangrando
E com a merda vazando.

Chegou ao lugar em que havia ajudado o pássaro a morrer. Tem certeza de que é ali porque a um metro fincaram uma placa onde se lê "Comida caseira a 100 metros".

Freia, sai do carro.

No asfalto resta apenas um matiz mais escuro, só isso.

Olha em volta.

Descobre os restos esmagados do pássaro aos pés de uma planta, no capim à margem da estrada.

Aproxima-se e observa a cena.

Milhares de formigas o estão devorando, ocupadíssimas, indo para trás e para frente, em duas filas simétricas.

Retorna ao carro, ligando-o novamente.

O todomeu era uma espécie de caverna numa rocha enorme, que havia deslizado encosta abaixo, sabe-se lá quando.

A entrada era imperceptível porque estava completamente recoberta por uma cortina de gladíolos.

O TODOMEU

Tinha levado para lá uma vela e uma caixa de fósforos roubada da avó — ainda que enxergasse perfeitamente, mas o fogo criava um clima mágico e secreto —, além do livro dos gnomos, presente do tio Arturo.

Ah, uma vez encontrou um gnomo.

Ia para o todomeu com o sanduíche de salame para comer em paz e dar um pedacinho para a aranha Berta, o único estranho com permissão para entrar no todomeu. Na verdade, Berta já morava ali, a encontrou na primeira vez em que entrou ali, e foi então que viu o gnomo.

Logo ao lado dos gladíolos, estava desabotoando as calças.

Era tão alto quanto ela, que tinha cinco anos e meio à época; seu rosto era todo enrugado, usava camisa vermelha, colete, calças enfiadas por dentro das meias verdes e gorro de lã com pompom.

Ela parou de chofre, não queria que o gnomo soubesse do todomeu.

Porém, ele já havia notado a presença dela. Postou-se à sua frente, pôs a torneirinha para fora e começou a fazer xixi. De vez em quando girava a torneirinha com a mão e o xixi descrevia um arco, ora para a direita, ora para a esquerda. O gnomo ria, e ela também começou a rir. Então ele disse, mostrando o membro:

— Vem aqui e brinca você com ele.

Mas ela fugiu de medo.

Ariadne guarda o carro na garagem; o de Giulio não se encontra, ele já deve ter ido para o escritório. Pendura a bolsa no ombro, abre o porta-malas, retira a cabeça de vaca da coberta e a segura delicadamente. Depois segue vai para casa.

Ao entrar, acomoda a cabeça de vaca na mesinha do hall e larga a bolsa. Pega a chave do sótão, pendurada com outras ao lado da porta, e sai mais uma vez, percorrendo um breve lance de escadas que termina diante de duas portas.

Andrea Camilleri

Uma delas, de vidro, dá para o terraço; a outra, de madeira escura, é a do sótão.

Abre a segunda, desce e coloca a chave no lugar. Então pega a cabeça de vaca, sobe outra vez, entra no sótão e acende a luz.

O lugar é enorme. Giulio havia herdado a casa de seu pai, que, por sua vez, herdara do seu; gerações de De Bellis haviam acumulado ali estantes, armários, baús, poltronas, sofás, cadeiras, vasos, gramofones, rádios mastodônticos, tripés de máquinas fotográficas, quadros velhos e sem valor, televisores antiquados, retratos de antepassados.

As duas lâmpadas colocadas à distância de três metros uma da outra não bastam para iluminar todo o ambiente, próximo às paredes se abrem vastas zonas de sombra.

Ariadne se dirige para a parede do fundo e chega à parte escura, diante de uma escrivaninha onde estão um candelabro com uma vela e uma caixa de fósforos. Ela acende a vela e prossegue para dois enormes armários não paralelos, mas dispostos de maneira a formar um triângulo com a parede do fundo.

O lado de um dos armários, porém, não toca a parede, deixando um vão exíguo pelo qual apenas uma pessoa magra pode passar.

De fato, Ariadne entra com dificuldade.

Quatro

Aquele é o todomeu que conseguiu fazer já no primeiro ano de casamento com Giulio.

Mobiliou-o com uma mesinha e uma cadeira, ambas cor-de-rosa, que deviam pertencer a alguma parente menina de outra época. Ali dentro há também uma boneca de cerâmica, de uns cinquenta centímetros, com olhos de vidro que abrem e fecham.

A boneca se tornou sua melhor amiga e se chama Stefania.

Stefania ficou por um ano inteiro parada diante da passagem secreta do todomeu, implorando para entrar, e Ariadne resistiu. Até que um dia a boneca começou a chorar, e ela, penalizada, disse vai, entra. Desde então, Stefania nunca mais foi embora.

Pousa a cabeça de vaca no chão, bem na frente da entrada, porque há algum tempo já sabe que outra boneca, Ornella, uma fulaninha de pano, vulgar e com ciúmes de Stefania, estaria disposta a se infiltrar sem ser chamada.

Agora deve dar início à consagração da cabeça de vaca.

Despe-se, tirando também as sandálias, pega o candelabro, o aproxima da cabeça e deixa respingar algumas gotas de cera.

Dá início à cerimônia.

Proteja o meu todomeu
Que nele possa entrar apenas eu
Seja minha amiga pela eternidade
E me garanta paz e serenidade.

Andrea Camilleri

Afaste os inimigos desta entrada
E os dias infelizes da nossa morada.

Dá um passo, se agacha e faz xixi em cima da carcaça.

Por esta água que brota de mim
Que o teu poder esteja sempre em mim.

O rito acabou.

Ergue-se e se senta na cadeirinha cor-de-rosa.

Percebe que a cabeça de vaca está murmurando-lhe algo que não consegue entender. Para ouvir melhor, se aproxima dela e deita no chão, sujando-se de pó e urina, mas não tem importância.

Agora finalmente entende o que lhe diz a cabeça de vaca.

Sai do todomeu, apanha Ornella, abre a gaveta de um armário todo bambo, pega uma faca enferrujada e retorna ao todomeu.

Ornella parece ter entendido suas intenções porque começa a gritar.

Então ela a deixa tonta com um soco no rosto, a coloca sobre a mesinha e inicia o trabalho com a faca.

Meia hora depois, Ornella não tem mais os membros.

Stefania, excitadíssima, aplaude.

Ariadne pega uma perna da boneca e a queima na chama da vela.

Pouco antes das oito, quando Giulio volta para casa, encontra Ariadne já pronta para sair.

Sentada diante da televisão, assiste a um desenho animado que, de vez em quando, lhe provoca risadinhas agudas, um tipo de riso infantil que deixa escapar apenas em circunstâncias particulares, aquelas em que os adultos certamente não ririam.

— Você me dá cinco minutos para uma ducha rápida?

Ela nem o escuta.

Olhos risonhos e arregalados, dedo indicador na boca, pernas encolhidas na poltrona, Ariadne está completamente absorta nas aventuras de Tom e Jerry, os seus preferidos.

Giulio, fascinado, a observa rir por alguns instantes, depois vai para o banheiro.

Não se pode dizer que ele e Ariadne se conheceram em um lugar propício para florescer um grande amor.

Sua primeira esposa, Gianna, durante sua longa doença, sempre dissera que queria ser enterrada no jazigo da família.

E ele realizou o desejo dela, inclusive enfrentando uma viagem atrás do carro fúnebre, que, após três horas de rodovia, por outras duas ainda escalou com dificuldade uma estradinha estreita em direção a um minúsculo vilarejo de conto de fadas, perdido entre as montanhas. Villaredo, ou algo parecido.

Era um sábado de primavera. Nas últimas horas da viagem, fora perseguido por uma grande extensão de verde que brotava de todos os lados, um verde tão prepotente que o perturbava, acostumado como estava ao cinza uniforme do cimento.

O cemitério mais parecia um jardim cuidado com esmero por um zeloso jardineiro.

Quando pegou o carro para retornar à cidade, depois de duas horas de loucuras burocráticas com o administrador, que era um tipo obsessivo beirando o maníaco, logo antes de sair, entreviu uma jovem sentada no chão, com as costas apoiadas em uma lápide. Estava sozinha, cabisbaixa, com os cabelos encobrindo os olhos e o peito arquejando em soluços.

Pareceu-lhe a imagem de uma solidão extrema e desesperada.

Se não fosse de carne e osso, mas de mármore ou bronze, seria a perfeita alegoria da dor de quem perde uma pessoa muito amada.

O que iria fazer? Prosseguir ou oferecer algum tipo de ajuda?

Parou o carro, se aproximou dela.

A jovem não percebeu, continuava chorando e, num dado momento, colocou o dedo indicador na boca.

E então foi como se aquele sentimento de solidão que emanava dela se tornasse ainda mais agudo, ainda mais doloroso.

De repente, diante de seus olhos, a jovem mulher se transformara em uma criança abandonada, desesperada, assustada.

— Posso ajudar?

E se agachou.

Ela não respondeu, mas estendeu a mão, com a palma voltada para baixo, sem levantar a cabeça. Ele cometeu um equívoco ridículo, apertando-a em um cumprimento.

— Prazer, Giulio De Bellis.

Ela não respondeu.

Continuou segurando a mão dele, soluçando o tempo todo e com o dedo na boca.

Então Giulio, absurdamente, imaginou que, se lhe desse uma bala, talvez ela parasse de chorar.

Ficaram assim por um longo tempo, até quando chegou o administrador e disse que tinham de sair, estava na hora de fechar.

— Aonde vamos? — pergunta Giulio.

Ela desliga a televisão, o desenho acabou.

— Aonde você quiser.

— Ou ao Bruno, como sempre, ou procuramos algum restaurante novo.

— Tenho uma ideia — diz Ariadne. — Já que está calor, por que não vamos até a praia?

— Ótimo! — exclama Giulio. — Fiquei sabendo que, depois do cais, abriram um lugarzinho de classe, se chama A Fragata, tenho até o endereço. Vamos experimentar?

— Vamos — concorda sem mais.

Foi assaltada por uma fome tão grande que sentiu como se tivesse um buraco na boca do estômago.

Ainda segurando sua mão, fez com que ela entrasse no carro, na saída do cemitério. O portão se fechou logo atrás.

Ele para alguns metros depois.

Agora ela chora um pouquinho menos.

— Quer que eu acompanhe você até em casa?

Ela dá de ombros.

— Por que não responde?

— Eu não moro aqui.

— Então me fala aonde quer que...

— Não importa.

Ele não entende o sentido da resposta, não sabe o que fazer. Mas está curioso.

Será porque a jovem tem um corpo presumivelmente deslumbrante?

— O que quer dizer com não importa?

Ela faz uma pausa antes de responder. Então fala:

— Pode me levar aonde quiser, qualquer lugar para mim dá na mesma.

Ele se irrita, mas não tanto, não pode perder a paciência com uma mulher que raciocina e se comporta como uma criança.

— *Mas você deve ter uma cama para dormir em algum lugar, não?*

Ela enxuga os olhos e, de um fôlego só, conta uma história incrível.

A cama para dormir ela tinha até alguns dias atrás, em XXX; que coincidência, exatamente a mesma cidade onde ele vive. É um quarto de uma pensão barata, mas a colocaram para fora porque devia o último mês e ficaram com as suas malas.

Por isso ela empenhou os brincos, pegou um táxi e veio até aqui, ao cemitério, porque tinha muita vontade de conversar com o Vanni.

— *E quem é Vanni? O administrador?*

— *Não.*

— *Alguém que trabalha no cemitério?*

Fica sabendo que Vanni é o marido dela, que tinha falecido no mês anterior, e que os pais dele o enterraram ali.

Entretanto, o táxi foi muito caro e ela descobriu que não tinha dinheiro para voltar.

— *Desculpa, mas você não disse que os pais do seu marido moram neste lugar?*

— *Moram.*

— *E por que você não vai para a casa deles?*

— *Porque eles me odeiam. Dizem que sou responsável pela morte do Vanni. Até me obrigaram a deixar a casa onde nós dois morávamos porque a tinham comprado para ele.*

Ele sente uma profunda compaixão por ela.

Porém, não sabe o que dizer nem o que fazer.

Então, se decide:

— *Escuta, você não quer vir comigo para a cidade? Vou ter que ir, agora.*

Ela dá de ombros. Tanto faz.

Ele dá a partida, vão embora.

• • •

O TODOMEU

O lugar, modesto por fora, em seu interior ostentava uma abundância de brilhos: lustres, talheres de prata, espelhos. Em cada mesa, um enorme buquê de rosas de hastes longas. Um tanto de mau gosto, para dizer a verdade. E deve ser caríssimo. Apenas duas mesas estavam ocupadas.

O maître os acompanha a uma mesa de onde, a poucos metros, se vê o mar.

Uma brisa leve estimula os pulmões.

— Acredito que seja a primeira vez dos senhores no nosso restaurante — observa o maître.

— Sim — responde Giulio.

— Aqui servimos apenas peixe. Fresquíssimo. Posso sugerir as ostras recém-chegadas da Somália?

— Aceito a sugestão — diz Giulio. — E você?

— Eu também — fala Ariadne.

— E temos também lagostas deliciosas, nem muito grandes nem muito pequenas. Os senhores gostariam de experimentá-las?

— Está ótimo.

Aproxima-se o sommelier.

Escolhem um vinho branco austríaco que nunca tomaram, mas tem um nome simpático.

— Acho que erramos vindo aqui — comenta Ariadne.

— Por quê?

— Com a fome que estou, preferia começar com um prato de espaguete.

— Quer que eu peça?

— Não, deixa para lá, melhor assim.

O vinho é delicado, fresco, logo tomam uma segunda taça.

E, em seguida, chegam as ostras, a clássica meia dúzia, sobre uma cama de gelo triturado muito fino.

Giulio já viu Ariadne comendo ostras outras vezes e sempre foi um espetáculo, bem, como se pode dizer, terminantemente proibido para menores de dezoito anos.

Ela pega uma ostra, separa suas valvas com o indicador e o polegar das duas mãos, projeta a ponta da língua e lambe com agilidade seu interior. Depois recolhe a língua, a boca semiaberta agora deixa perceber que a utiliza para acariciar o céu da boca, quase como se o preparasse para o prazer que irá experimentar. Na sequência, põe a língua para fora novamente, mas, dessa vez, o golpe que dá na ostra, suspensa no alto, como uma hóstia, é tão firme que separa definitivamente o corpo mole da valva.

Entretanto, ela não chupa a ostra, como seria natural; em vez disso, a revira dentro da boca, abrindo esta um pouquinho mais, retrai a língua e fecha os lábios.

Mastiga demoradamente, cerrando os olhos, com as narinas meio dilatadas para apreciar a fundo o cheiro, além do sabor. Por fim, engole.

Viajavam em silêncio já fazia umas duas horas, e ela havia parado de chorar um bom tempo atrás; apenas mantinha os olhos fechados e a cabeça apoiada no encosto. Não falavam nada. Ele não conseguia perceber se a jovem cujo nome ainda não sabia tinha adormecido. De repente, com os olhos sempre fechados, ela disse:

— Estou com fome.

Estavam em uma estrada secundária, um grave acidente havia fechado a rodovia nacional. A polícia os obrigara a pegar o primeiro desvio, e, quando estavam atravessando uma cidadezinha, ele viu o letreiro luminoso de um restaurante. Parou. Bem, tem de ser melhor do que um posto de gasolina.

O TODOMEU

Sentaram-se, o cheiro era agradável. Logo depois ele se levantou.

— Com licença, vou lavar as mãos.

Quando voltou, ela não se movera da posição em que ele a deixara; assim, achou natural dizer, com intimidade:

— Vai lavar as mãos você também.

Ela o encarou. Giulio leu em seus olhos a intenção de fazer birra; como as crianças, não queria lavar as mãos.

— Qual é o seu nome?

— Ariadne.

— Obedece, Ariadne.

Levantou-se a contragosto, afastando a cadeira com os pés e fazendo barulho, de propósito. Só de pirraça.

Ao voltar, viu que na mesa ao lado tinham servido pequenos escargots ao vinho, aqueles que se comem com um palito.

— Também quero, mas depois do espaguete.

Nunca tinha visto alguém comer espaguete daquele jeito.

Com o garfo, selecionava pacientemente apenas dois fios, erguia a mão com o talher, esticava o pescoço ligeiramente para a frente e para baixo, deixava penetrar em sua boca a extremidade que pendia dos dois fios, fechava os lábios, os chupava.

Em outra mulher, seria um modo de comer vulgar e repulsivo, mas nela tudo tinha um quê de infantil e gracioso.

Ela comeu os escargots ao molho de tomate pegando um a um, com dois dedos, levando-os à boca e sugando-os com força, sem nunca usar o palito.

Logo o molho sujou seu queixo.

— Limpa o rosto.

Ela obedeceu sem piscar.

• • •

A garrafa de vinho acaba junto com as ostras.

— Desce que nem se nota — diz Giulio. — É realmente um ótimo vinho. Deveríamos comprar algumas garrafas para a nossa casa.

— Por ora, podíamos pedir mais — sugere Ariadne.

— O vinho ou as ostras?

Ariadne projeta os lábios gulosos.

— Os dois.

— Por que não?

E Giulio chama o garçom.

Cinco

Quando chegam a XXX, é uma da madrugada.

— Escuta — diz Giulio —, você é quem decide. Se quiser ir para um hotel, não tem problema, empresto o dinheiro para que pague o quarto. Ou pode dormir na minha casa, tenho dois quartos de hóspedes. Não estaria incomodando ninguém porque moro só.

Ela pensa um instante, então responde:

— Melhor ir para o hotel.

— Como quiser. Levo você ao Cavour, que é um bom lugar.

No entanto, de repente, ela fala:

— Não, não posso ir para o hotel.

— Por quê?

— Estou sem documentos.

— Como assim?

— Saí da pensão tão furiosa que deixei lá a carteira.

— Então pode vir para a minha casa. Amanhã vamos juntos a essa pensão buscar a sua carteira e as malas.

— Mas eu disse que não paguei a conta!

— Eu cuido disso.

Assim que entram na casa, ela anuncia:

— Quero tomar um banho.

Ele a acompanha ao banheiro dos hóspedes, lhe mostra o quarto. Em seguida, ele também vai tomar um banho; está exausto, sente que precisa se deitar, dez horas ao volante o esgotaram.

Quando termina, vai ver se Ariadne precisa de algo antes de ir para a cama, mas ouve a água do chuveiro caindo.

Bate na porta. O barulho da água cessa.

— Ariadne? Vou me deitar, precisa de alguma coisa?

— Não, obrigada. Boa noite.

E o barulho da água inicia novamente.

Com o segundo prato de ostras, também termina outra garrafa de vinho. Pedem uma terceira.

Então o garçom serve as lagostas abertas ao meio.

— Desejam as pinças para as patas?

— Sim, obrigado.

Um rumor o desperta, tem o sono muito leve: é a porta de seu quarto que range.

Finge continuar dormindo.

Ariadne está descalça; ele ouve o barulho de seus pés no chão.

Quer ver que essa daí é uma ladra e ele se deixou ludibriar feito um idiota?

Por certo entrou assim, furtivamente, para surrupiar sua carteira no casaco, que está pendurado no encosto da cadeira.

Mas Ariadne se deteve próxima ao lado vazio da cama de casal.

Agora está levantando a coberta com o máximo de cuidado.

Então ele a sente deslizar bem lentamente sob o lençol. A cama não parece ter percebido o peso de um outro corpo.

É óbvio que ela não quer acordá-lo.

Entretanto, por que veio?

O TODOMEU

Logo tem a resposta, clara, simples, linear.

Ariadne tem medo de dormir sozinha.

Precisa sentir o calor de outro corpo ao lado do seu.

Ele fica acordado por um longo tempo.

Aos poucos, nota que a respiração dela se torna regular e profunda. Adormeceu.

Então estica a mão até tocar sua pele.

Ariadne está nua; se vira de costas para ele.

Depois de alguns minutos, ele também mergulha num sono pesado.

No dia seguinte, acorda às nove. Um fio de luz atravessa a persiana.

Ariadne não está. A cama parece intacta. Se não fosse pelo amassado deixado pela cabeça de Ariadne no travesseiro, ele poderia ter pensado que havia sido um sonho.

Ariadne quebra as patas com as pinças e as chupa com a mesma técnica que utilizou para o escargot.

Terminam a terceira garrafa de vinho.

Ela está um pouquinho zonza.

— Você quer mais alguma coisa?

— Não, estou satisfeita.

— O que quer fazer?

— Voltar para casa.

Enquanto se dirigem para o estacionamento, ela o pega pelo braço, aproxima os lábios do ouvido bom dele e sussurra:

— Hoje quero ser a sua ostra.

No dia seguinte, enquanto toma banho, é invadida por um grande desejo de subir até o todomeu e contar a Stefania o que havia sentido com Mario e que nunca acontecera antes.

Mas não pode porque Elena está fazendo limpeza.

Portanto, antes do domingo de manhã, não falará disso.

Que chato! É terrível ter sempre de esperar a manhã do domingo para fazer também essa outra coisa de que gosta tanto!

E sempre na esperança de que Giulio saia para a sua corrida por cerca de duas horas e que não se deixe vencer pela preguiça.

Por ora, paciência.

Terá de sossegar seu coração por dois dias antes de revê-la.

Depois do banho, se veste. Elena bate na porta, perguntando se ela precisa de alguma coisa porque vai sair para fazer umas compras que tinha esquecido.

— Não, Elena, pode ir, obrigada.

Que ótimo!

Não podia ser melhor.

Terá pelo menos uma hora à sua disposição.

Pega a chave do sótão, sobe as escadas, abre a porta e entra, ligando o interruptor.

Logo escuta a voz de Stefania:

— É você, Ari?

— Sim, estou chegando.

Avança pelo cômodo, acende a vela e pula a cabeça de vaca. Então se espreme entre o armário e a parede, entrando no todomeu.

Meu Deus, que sujeira! Manchas de fuligem escura recobrem o chão; são as cinzas de Ornella.

Busca uma vassoura e um pano, limpa tudo com cuidado, depois acomoda Stefania na mesinha e se senta na cadeira cor-de-rosa.

Começa a contar sobre Mario, mas Stefania a interrompe.

— O que você está me dizendo é que esta é a primeira vez que um homem soube possuí-la tão completamente...

O TODOMEU

— Mas é verdade!

— Porém quando você me contou da sua primeira vez com o Vanni usou praticamente as mesmas palavras.

— Só que o Vanni morreu!

— O Vanni ter morrido não tem nada a ver com a nossa conversa. Eu queria apenas lembrá-la de que o Vanni também, pelo menos no começo...

Ela se irrita.

— Está bem, está bem. Foram dois, o Vanni e o Mario. Satisfeita?

— Sem levantar a voz comigo! O que você pretende com o Mario?

— Vou encontrar com ele na próxima quinta pela última vez.

— Certeza?

— De quê?

— De que vai ser a última vez.

— Não sei.

— Cuidado, Ari! Você sabe como vai acabar essa história. Se você se apaixonar, não pode se livrar do Giulio, como fez com o Ganzella, e casar de novo. Mario é um menino.

— Escuta aqui, o que o Ganzella tem a ver com isso? Eu não me livrei dele, foi ele que...

— Vamos esquecer isso. Quer apostar que você vai continuar a ver o Mario depois de quinta?

Ela perde a paciência.

— Você é uma idiota! Não vou contar mais nada para você. E se não parar com isso, vai ter o mesmo fim que a Ornella!

Às onze, está pronta para sair de casa. Elena abre a porta, quando o seu celular toca.

No display aparece "número reservado".

Atende.

— Alô.

— Oi.

Sente um arrepio: é Mario.

— Um minutinho, por favor.

Não quer que a empregada a ouça.

Mario está transgredindo uma ordem expressa, sabe que não pode telefonar; no máximo, cabe a ela telefonar no caso de algum imprevisto.

O que está querendo?

Certamente quer desmarcar o encontro.

Sai para o jardim. Elena fecha a porta.

— Pode falar.

— Como você está?

Mas o que é isso?! Agora ele está cheio das cerimônias?

— Tudo bem. O que você quer?

— Ih, que pressa!

— Tenho um compromisso.

— Com quem?

— O que você tem com isso?

— Queria dizer que...

E se interrompe.

Ela se aborrece, não quer chegar tarde ao encontro com Gemma, vão à exposição de arte chinesa.

— Escuta, ou você me diz por que telefonou ou eu vou desligar.

— E eu ligo de novo.

— E eu desligo.

— Não, por favor. Eu queria dizer para você que...

Não conclui mais uma vez.

O TODOMEU

Tudo bem que esse menino, devidamente estimulado, até rende bastante, mas é complicado e inconveniente. Que chatice!

Resolve tomar a iniciativa.

— Olha aqui, se você tem a intenção de falar que mudou de ideia quanto à quinta, vai em frente. Não é o fim do mundo, sabe?

Mario fica em silêncio, depois murmura:

— É o contrário.

— O que quer dizer?

— Que não aguento mais esperar até quinta.

Falou isso muito rápido; aliás, resmungou, e ela entendeu outra coisa.

— Mas não podemos deixar para outro dia! É impossível! Se na quinta você tem outro compromisso, paciência.

— Não, o que quero dizer é que... Eu não aguento mais... É isso, não aguento mais esperar até quinta. Quero ver você antes.

É como se alguém tivesse lhe dado um soco no estômago.

Por uma fração de segundo, seu corpo retorna àquela quentura infernal da cabine, quando as mãos de Mario agarraram seus quadris e ele a suspendeu...

Uma onda de calor a invade repentinamente e ela sente que um fio de suor escorre entre os seus seios.

Suas pernas ficam moles.

As últimas quatro palavras o menino disse de um jeito que...

Então recupera as forças.

— No entanto, você vai ter que esperar — diz com firmeza.

Desliga o celular. Corre em direção à garagem.

Giulio volta para o almoço e ela percebe pela expressão em seu rosto que algo não está bem.

— O que houve?

— Problemas na empresa. Estou desconfiado de que os franceses querem nos passar a perna. Acho que vou precisar viajar hoje mesmo. Estou esperando um telefonema para ter certeza. Volto no domingo à noite.

— Para onde você vai?

— Berlim. Quer vir comigo?

— Não. O que eu ia fazer por lá? As pessoas trabalham até no sábado.

— Vou ter uma série de reuniões particulares.

O telefonema chega ao acabarem de tomar o café.

É Silvana, a secretária dele.

— Vou preparar a mala. Silvana fez reserva para o voo das sete. Eu bem que gostaria de cochilar por uma hora...

— A que horas quer que eu chame você?

— Às quatro.

— Devo levá-lo ao aeroporto?

— Eu ia gostar.

Ela vai para a sala e se acomoda em uma poltrona. Tem um novo romance policial para ler. Olha a contracapa.

O investigador se chama Yashim e é um eunuco.

Deixa escapar uma risadinha.

Nos dias que se seguem àquele em que a encontrou no cemitério, Giulio continua a lhe demonstrar tal dedicação que, em um primeiro momento, ela interpreta como uma espécie de resgate da paternidade frustrada. Ele e Gianna, em trinta anos de casamento, não haviam tido filhos. Além do mais, os vinte e seis anos que a separavam de Giulio não eram um detalhe; ela podia perfeitamente passar por sua filha.

O TODOMEU

No dia seguinte ao encontro, no domingo, vão juntos à pensão, Giulio paga os atrasados e recupera a carteira e as malas dela. Durante o almoço, a convence a ficar em sua casa por um tempo.

— Pelo menos enquanto não encontrar um lugar melhor.

Onde encontraria um lugar melhor?

E que emprego podia almejar com um diploma do ensino médio?

Nunca trabalhou num escritório.

Quando morreu sua avó, que a mantivera em casa por quatro anos, depois que seus pais perderam a vida em um acidente ferroviário, Ariadne tinha apenas dezoito anos e continuou a viver vendendo ovos e frutas, trabalhando na roça e esquecendo-se de tudo o que aprendera na escola.

Até que se cansou daquela vida, se livrou das minúsculas terras por uns trocados e foi para a cidade.

Para viver, ia trabalhar de empregada doméstica.

Bonita como era, não seria difícil encontrar um serviço.

De fato, logo arrumou um trabalho no qual pudesse dormir também, na casa do advogado Ganzella, um simpático solteirão de uns cinquenta anos. Na terceira noite, ele se enfiou na cama dela.

Ganzella era generoso, lhe ensinou a se vestir bem e a se comportar.

Depois, a promoveu a amante oficial e arrumou até uma empregada para ela.

Ficou com ele por quatro anos.

Tranquilos anos, em resumo.

Mas, um belo dia, em uma festa, conheceu Vanni Giovagnoli.

Foi o clássico amor à primeira vista.

Tornaram-se amantes, e apesar da insistência de Vanni, "Deixa o Ganzella, e nos casamos imediatamente", ela não conseguia se decidir.

Não que amasse Ganzella, muito pelo contrário; mas Vanni não passava de um agrimensor duro que vivia às custas dos pais e há anos esperava ser contratado na prefeitura.

55

Em pouco tempo, porém, aconteceram dois fatos novos.

Vanni finalmente conseguiu o emprego, e Ganzella morreu, disparando em si próprio um tiro por descuido, enquanto fazia a limpeza da espingarda de caça.

E, assim, ela se casou com Vanni.

Seis

No que estava pensando? Ah, sim, no Giulio.

Após duas semanas morando na casa de Giulio, chega à conclusão de que o sentimento que ele nutre por ela não tem nada a ver com sentimento de pai para filha.

Ela se enganou.

Não que ele tenha se permitido alguma coisa, uma frase, um gesto minimamente inadequado, nunca, mas uma mulher percebe essas coisas na pele, no faro.

Porém, ele não toma a iniciativa.

Assim, uma noite, depois do jantar, enquanto assistem à tevê, sentados um ao lado do outro, ela se surpreende com Giulio fascinado, encantado por suas pernas de fora. Sem dizer nenhuma palavra, Ariadne se levanta e senta em seu colo, encolhendo-se toda em cima dele.

Giulio não resiste, acaricia seus cabelos. E não se mostra alarmado com o gesto.

Nessa mesma noite, entra nua no quarto dele, que está acordado, lendo um livro.

Levanta o lençol, como fez na primeira noite na casa — mas então era diferente —, se deita, tira o livro de suas mãos e o abraça e beija demoradamente na boca.

Em seguida, apoia a cabeça em seu peito.

Como ele não reage, olha seu rosto.

Tem uma expressão que ela não consegue decifrar, algo entre a dor e o divertimento.

— Você não me quer?

— Claro que eu quero você, e como quero!

— E então?

— Não sou mais um homem.

Ela não entendeu.

— Quê?

— Não sou mais um homem. Sofri um acidente de carro cinco anos atrás. Eu...

Interrompe-se, dá um sorriso torto.

— Virei um eunuco.

Ela fica atônita, os olhos arregalados.

Então ele a abraça, a beija, a acaricia, lambendo-a com uma espécie de fúria violenta.

Mais do que dar prazer a ela, queria fazer mal a si mesmo.

Desde aquela noite dormem juntos.

Seis meses depois, se casam.

Resolve não só não ler aquele livro, mas também tirá-lo de circulação. Levanta-se, vai até a cozinha, o joga na cesta de lixo. Senta-se novamente. Acende um cigarro.

O celular toca. No display, "número reservado".

Mario outra vez?

Uma vez que não está esperando telefonemas importantes, não responde e desliga o aparelho.

Antes de desaparecer dentro do aeroporto, Giulio acena. Em seguida, ela pega o caminho de volta.

O TODOMEU

Está muito trânsito, não vai conseguir chegar em casa em menos de quarenta e cinco minutos. Talvez até mais.

A perspectiva de passar a noite sozinha não lhe agrada.

É melhor telefonar logo, antes que suas amigas assumam outros compromissos. Sabe que a uns quinhentos metros há um barzinho meio bucólico, com mesinhas verdes.

Chega até lá, estaciona, desce e pede um café no jardim.

— Por que você não me chamou hoje de manhã? — pergunta Gemma.

— Hoje de manhã eu não sabia que o Giulio ia viajar.

— Olha, eu ligo de novo daqui a uns dois minutos. Vou ver se consigo desmarcar meu compromisso, aí vamos ao cinema, está bem?

Toma o café lentamente, acende outro cigarro. O celular toca.

— Oi!

— Onde você está?

Não é Gemma, é Mario.

— Escuta aqui, moleque, você tem que parar de me encher o saco.

E logo percebe o erro. Aquele não é o tom que deve usar com Mario. O efeito é sempre o contrário ao desejado.

A reação não tarda.

— Eu quero comer você, sua vagabunda, será que dá para entender? Hoje à noite. E se você não quiser, eu...

— O que é que você vai fazer?

— Vou ficar esperando na frente da sua casa.

— Mas se você nem sabe onde eu moro!

— Você é quem pensa.

E ele diz o endereço.

— Como foi que você descobriu?

— Conto quando a gente se encontrar.

Em resposta, ela desliga. O celular toca de novo. É Gemma.

— Não consegui, me desculpa.

Então liga para Luciana.

Atende a empregada dela: a patroa não está e não volta para o jantar.

O que fazer? Ligar para Luigia?

Mas com Luigia é preciso tomar cuidado, há dias bons e dias ruins com ela, e nos ruins fica insuportável.

Tudo bem, vai ter de se contentar com um filme na tevê.

Às nove e meia, enquanto passa o tempo sentada à mesa do jantar, depois de comer sem vontade, Elena diz que o doutor Giulio está ao telefone.

— Acabei de chegar. O que você vai fazer?

— O que você quer que eu faça? Vou ficar em casa. Estou com saudades.

— Não sei se vou poder telefonar mais tarde.

— Não tem problema. Boa noite!

Levanta-se, tira a roupa no banheiro, toma banho, veste um robe e vai se sentar na poltrona em frente à tevê, munida de uma garrafa de whisky, balde de gelo e cigarros.

O filme que escolhe, e que nunca viu, se chama *O Amante de Lady Chatterley*. Em poucos minutos, está fascinada. Tanto que bebe três copos de whisky sem se dar conta.

A certa altura, já no final, entra Elena.

— Boa noite, dona Ariadne. Vou me deitar. A senhora precisa de alguma coisa?

— Nada, Elena, boa noite.

Essa daí vai para a cama às onze em ponto, a não ser que tenham visita.

O TODOMEU

Antes de procurar um outro programa, fica pensando no filme que acabou de ver.

Na verdade, até que existe alguma semelhança entre ela e a protagonista.

Só que a *lady* do filme trepa com o jardineiro escondida, sem que o marido preso à cadeira de rodas saiba, enquanto ela...

— Quero que você me ouça sem me interromper — diz Giulio uma noite, depois de fazerem amor do jeito dele. — Amanhã vem comigo porque quero mostrar a você um apartamentinho meio fora de mão que eu comprei.

Ela sente um sobressalto no coração.

Vai querer que ela se mude? Ou é ele quem quer morar lá?

Mas se eles são casados!

É uma maneira indireta de dizer que quer se separar?

— E o que você vai fazer com ele?

— Você não pode continuar comigo desse jeito. A cada dia, vejo que está mais nervosa, angustiada. Você precisa de um homem de verdade.

Ela fica sem palavras.

Tinha feito de tudo para que Giulio não percebesse que...

E a história começou assim.

É muito cedo para dormir, nunca vai para a cama antes da meia-noite.

Vanni, às vezes, ia se deitar antes dela. E Ariadne, quase sempre, o encontrava já adormecido.

Tinha um sono agitado, se movia continuamente, e ela sempre acordava com toda aquela inquietação.

Com Giulio, não, é diferente; no máximo, ele lê enquanto a espera, e adormecem juntos. Além disso, não ronca.

Uma vez que pega no sono, não se mexe mais, é quase como se não existisse.

Com o controle, ela pula de um canal para o outro, até que encontra um filme que já viu pelo menos duas vezes; tem umas cenas violentas que ela adora, são bem-feitas. O diretor se chama Tarantino. Parece italiano, mas não é.

Entretanto, do nada lhe vem uma necessidade súbita de respirar um pouco de ar puro.

Ela se levanta, se aproxima da sacada aberta e apoia no batente da porta, parada no lado de dentro.

O forte calor do dia parece mais ameno agora. Talvez por causa de um sopro de vento fresco e tão leve que entra e é quase imperceptível.

A sacada se localiza exatamente em cima da porta de entrada da casa, que, por sua vez, é separada da rua por um respeitável jardim com algumas árvores altíssimas.

À frente da entrada, só que bem mais para lá, há um grande portão de ferro. Que é o que dá acesso tanto à casa quanto à garagem.

A rua, felizmente, não tem muito trânsito, e, naquela noite, excepcionalmente, parecem não transitar nem os carros de costume.

Ou, quem sabe, ela não tenha notado.

Há um grande silêncio.

Volta para a sala, acende um cigarro, vai de novo para a sacada, mas, desta vez, sai e se debruça no parapeito.

Desse novo ângulo, se vê o portão da frente, iluminado por um lampião.

E é sob essa luz débil que Ariadne pensa reconhecer...

Sim!

É o Mario!

O TODOMEU

Mario, sentado no banco da sua *scooter*, encostado à calçada, do outro lado da rua.

Não foi rápida o bastante para fugir. Ele a viu e agora acena, levantando o braço.

Ela não responde, fica irritada. Volta para dentro e se senta novamente diante da tv.

As imagens do filme continuam passando na frente de seus olhos, mas não chegam ao cérebro.

Esse menino estúpido fez o que tinha ameaçado fazer.

Mas o que ele acha que vai conseguir comportando-se assim?

Será que tem a ilusão de que ela vai deixá-lo entrar?

É melhor sentar e esperar, porque de pé cansa.

Tem uma ideia! E se fingisse que está indo para a cama?

Certamente iria embora desapontado.

Desliga a televisão, fecha a porta da sacada, apaga as luzes da sala.

Espera passar alguns minutos, depois se dirige à sala ao lado, onde antes era o *fumoir*.

A janela está aberta, mas as persianas estão fechadas. Afasta um pouco as placas de madeira e consegue ver a rua.

Mario não se mexeu; de onde ele está, a casa deve parecer completamente escura.

Então por que não vai embora?

Será que tem a intenção de passar a noite assim?

Bem, se é o que ele quer, que fique ali.

Sai da janela, sobe as escadas e vai para o quarto, que é do outro lado da casa. Tira o robe, passa no banheiro, toma uma ducha fria.

A visão de Mario aumentou sua sensação de quentura insuportável. De repente, se sentiu molhada de suor nas axilas, entre os seios, no meio das coxas.

Fica uma meia hora no chuveiro, então veste a camisola e vai se deitar com uma revista feminina nas mãos.

Entretanto, o calor a impede de ler.

O calor ou a lembrança de Mario?

Ou melhor, a presença dele, que a deseja de um jeito tão infantil, acampado lá embaixo, a poucos metros.

Imagine com que fúria saltaria sobre ela se decidisse abrir o portão!

Ô, meu Deus; teoricamente até que era possível, aproveitando a ausência de Giulio. Elena não ia ouvir nada, seu quarto fica nos fundos, isolado.

Mas não, não devia nem pensar em uma coisa dessas.

Tira a camisola, desliga o abajur do criado-mudo, fecha os olhos.

O que Giulio estará fazendo?

Ao ouvir a inesperada proposta de seu marido ficou tão surpresa e perturbada que não conseguia encontrar as palavras para responder.

Nunca teria pensado que um homem, por amor — sim, por amor —, chegaria a tanto.

— O que você acha? — insiste ele.

E acrescenta, beijando seus cabelos:

— Veja bem, estou fazendo uma simples proposta. Você tem toda a liberdade para aceitar ou recusar. No entanto, acredito, e digo com toda a sinceridade, que seja melhor, como posso dizer, para a nossa tranquilidade conjugal, que você aceite.

O tom racional, sereno, contido do marido, por um momento, lhe parece completamente inadequado para o assunto de que está tratando; quase absurdo.

— O que você acha?

Então, ela faz a primeira observação que vem à sua mente, mas que ainda não conseguiu expressar:

— Eu não quero cometer nenhum erro com você.

E, logo depois de pronunciá-la, percebe que a frase significa que, em princípio, ela concordaria.

Está pronta para falar novamente e se explicar melhor, mas Giulio a interrompe, sorrindo.

— E que erro é esse se você fizer uma coisa que é de comum acordo? Aliás, se é algo que eu estou propondo a você? Estaria comportando-se mal comigo se essa coisa acontecesse pelas minhas costas ou contra a minha vontade.

Quanto a isso ele tem razão.

Mais uma vez Giulio demonstra compreendê-la melhor do que qualquer outro homem.

Ela fez de tudo para esconder seus momentos de mau humor, de nervosismo, de insatisfação, mas, ainda assim, ele percebeu. Não só percebeu como intuiu o motivo.

Um motivo que ela não queria admitir nem para si mesma.

Na maior simplicidade, Giulio propôs que ela se encontrasse, todas as quintas, com um desconhecido e que fosse para a cama com ele. Enquanto ela estivesse com esse homem, Giulio iria permanecer no mesmo quarto.

— Não sou um voyeur, que fique bem claro, mas não confio em deixar você sozinha com um estranho.

E, em seguida, esclarece:

— Eu disse todas as quintas só para definir um dia da semana. Mas podemos mudá-lo, como você quiser. E, veja, o encontro não é obrigatório, entendeu? Se, por acaso, você não estiver com vontade ou estiver indisposta, não fazemos nada.

E ainda:

— Esse homem com quem você vai se divertir, vamos dar um jeito de encontrá-lo antes e escolhê-lo juntos. Naturalmente, deve ser do seu agrado, e, portanto, você dá a última palavra.

Não espera a sua resposta.

— Ah, mais uma coisa. Acho que talvez seja melhor que você não encontre o mesmo homem mais do que duas vezes. Trocar um por semana também me parece excessivo e arriscado.

Faz uma pausa.

— E então, o que você acha?

— Combinado — responde.

Não consegue pegar no sono. Acende a luz. Por pura curiosidade, quer ver se Mario ainda está a postos.

Levanta-se, desce, vai até o *fumoir*, olha por entre a persiana.

Mario continua ali, montado na *scooter*, e olha na direção da sacada fechada.

Se ele tivesse um rabo, o abanaria, igual a um cachorro esfomeado à espera de alguém que lhe jogue um pedaço de pão.

Sete

Sente-se invadida por uma ternura inesperada e profunda por esse menino que, de um momento para o outro, se descobriu apaixonado por ela.

Talvez seja o primeiro verdadeiro amor de sua vida.

Mas não pode fazer nada por ele, seria um erro imperdoável deixá-lo entrar em casa.

Volta para a cama com o coração pesado.

A primeira vez foi traumática, não sentiu nenhum prazer.

Ao contrário, o constrangimento a deixou paralisada.

Giulio organizou tudo sem dar nenhum detalhe e sem aviso prévio.

Na saída do cinema, pouco depois da meia-noite, disse que queria lhe mostrar uma coisa. De repente, parou o carro na frente de um bar de periferia. Era março, tinha chovido e fazia frio.

Ao entrar, ela viu que das quatro mesas, apenas uma estava vazia; as outras três eram ocupadas cada uma por um homem.

Todos os três olharam para ela — mas isso acontece sempre.

O dono do bar, um bigodudo de uns cinquenta anos, estava no caixa; a moça no balcão o chamava de papai.

Sentaram-se à mesa desocupada e Giulio disse baixinho:

— Escolha um dos três com calma.

Eram todos jovens, o mais velho devia estar com uns trinta.

Ela não gostou de um deles porque ficava sempre de olhos meio fechados.

O segundo tinha os cabelos despenteados e compridos.

O terceiro...

Bem, era uma situação um bocado estranha. Era como se estivesse diante da vitrine de uma confeitaria; mas, em vez de um doce, tinha de escolher um homem para levar para a cama.

Sim, o terceiro: um homem de trinta anos, louro, físico atlético, que transmitia uma sensação de muita limpeza, parecia o mais aceitável.

— O que vocês querem tomar? — perguntou a garota.

— Um conhaque — disse Giulio. — E você?

— Água.

Ariadne estava com a boca seca. Bebeu com avidez.

— Escolheu?

— O louro.

— Concordo. Vamos.

Levantaram-se; ela foi para a rua, Giulio se dirigiu ao caixa. Ele disse algo ao dono. Depois foi até ela e eles seguiram para o apartamentinho, comprado com esse propósito, que Giulio havia lhe mostrado há poucos dias.

— Tiro toda a roupa antes?

— É melhor.

Ela se despiu e se enfiou debaixo das cobertas.

— Faz um favor para mim, Giulio. Quando ele estiver pronto, apaga a luz.

Ouviram a campainha, Giulio foi abrir.

Ela virou o rosto para o outro lado para não ver o homem enquanto ele se despia.

Então a luz se apagou e o homem deslizou para debaixo das cobertas.

Penetrou logo e ela não estava preparada.

Não foi bom. Não sentiu nada.

O TODOMEU

Ao contrário, até um pouco de desconforto.

Da segunda vez, porém, correu muito melhor, tanto que, num certo momento, ela acendeu a luz.

Giulio estava sentado em uma cadeira próxima à cama. Completamente vestido.

Foi no encontro seguinte que ele preferiu se despir também, mas ficou de cueca.

É óbvio que não quer mostrar a sua mutilação.

Olha o relógio, são duas e meia.

Levanta-se novamente, desce para o *fumoir*.

Mario não foi embora.

Continua ali, montado na *scooter*.

A lua é uma fatiazinha fina no céu e o garoto tem os olhos voltados para ela.

O silêncio é absoluto. O vento cessou, as folhas estão imóveis, mas, em meio àquela tranquilidade, Ariadne começa a ouvir uma espécie de lamento distante, um murmúrio sufocado.

— A...iad...! A...iad...!

Não acredita nos próprios ouvidos. Concentra-se para escutar melhor.

— A...iad...!

É ele, chama por ela a meia-voz, mas é como se uivasse desesperado para a lua.

Em parte para fazê-lo parar, pois teme que algum dos vizinhos o ouça, e em parte porque as suas pernas, ou melhor, todo o seu corpo se pôs em movimento sem que a sua vontade intercedesse, ela corre pelas escadas, entra no quarto, veste o robe, retorna pelo corredor e desce novamente. Abre a porta sem fazer barulho, avança por todo o caminho até o portão e se lança nas grades de ferro, ofegante.

Mario parece notá-la pelo cheiro; vira a cabeça num ímpeto e corre em sua direção.

Ariadne projeta os braços através do portão. Eles se agarram até se machucarem.

Beijam-se por um longo tempo, ferozes, e se mordem.

Ela sempre lhe negara a boca, esta é a primeira vez que se beijam.

Contudo, não devem continuar assim, algum vizinho pode aparecer na janela ou pode passar um carro.

— Deixa eu entrar — suplica ele.

As mãos do garoto se enfiam por baixo do robe de Ariadne; ora a acariciam, ora a apertam. Estão quentíssimas, fervem, até.

— Mas, o meu marido! — articula a mentira com esforço.

Empurrando-o para trás com os braços ainda estendidos, ela consegue se desvencilhar. Vira-se, corre em direção à porta, entra em casa e a fecha.

Sente a respiração difícil. Não é capaz de subir as escadas nesse momento; tropeça no primeiro degrau, as pernas moles, está exausta.

Pega no sono nas primeiras horas da manhã.

E acorda apenas porque Elena está batendo à porta.

— Dona Ariadne, o doutor Giulio no telefone.

Levanta-se, abre a porta até a metade, estica o braço, e a empregada lhe passa o telefone.

— Oi, amor.

— Você estava dormindo? Desculpa.

— Peguei no sono tarde.

— Por quê?

— Acho que por causa do calor. E aí, como vão as coisas?

O TODOMEU

— Espero conseguir ajeitar a situação. Daqui a meia hora tenho uma reunião importante, mas a decisão vai ser tomada amanhã de manhã.

— Mas você vai conseguir voltar amanhã à noite?

— Acho que sim.

— Quando tiver certeza, me avise a que horas chega, eu vou buscar você.

— Não precisa, um carro da empresa vai me pegar no aeroporto.

Despedem-se. Ela devolve o telefone sem fio a Elena.

— A senhora quer que eu traga o café?

— Quero.

Estranho, ela está com um pouco de dor de cabeça. Volta para a cama.

E mesmo depois de tomar o café continua deitada por um bom tempo.

Está sem forças, sente como se estivesse convalescendo.

Até os quinze anos, nunca tivera um resfriado, um mal-estar, uma indis-posição, nada, jamais; crescera forte feito uma leoa. Até que caiu no rio e pegou uma bela pneumonia.

A avó, além de fazê-la tomar os remédios receitados pelo médico, esquentava um tijolo no fogo, o envolvia em um pano e o colocava em seu peito.

Ela ficou toda vermelha entre os seios.

A avó não permitiu que ela saísse da cama antes de duas semanas.

Quando ia à cidade, deixava de guarda tio Arturo, aquele que tinha lhe dado de presente o livro sobre gnomos.

Ele não era um tio de verdade.

Era o companheiro de sua avó e mais jovem que ela uns dez anos.

Andrea Camilleri

E não é que morassem juntos: de vez em quando, ele, que era vendedor ambulante, ficava uma semana, dez dias com elas e então viajava de novo.

Toda vez que voltava de viagem, lhe trazia um presentinho.

Ela achava muito simpático o tio Arturo. Ele a fazia rir com umas caretas engraçadíssimas.

Na segunda vez que a avó teve de ir à cidade, tio Arturo percebeu a queimadura nela.

— Arde?

— É, arde.

— Um minuto.

Foi à cozinha, voltou com a garrafa de azeite.

— Abre mais a blusa.

Uma delícia, sentiu que a pele refrescava.

Então, o tio apoiou a garrafa na cômoda e continuou a acariciá-la. Demoradamente.

A certa altura, lânguida, entorpecida, ela fechou os olhos.

Dois dias depois, enquanto sua avó estava mais uma vez na rua, o tio quis ver se o seu tratamento fora eficaz.

Aí sua mão deslizou sob as cobertas, e ela deixou.

O tio Arturo foi o primeiro.

Aconteceu dois meses mais tarde, no bosque, quando foram colher cogumelos.

Pelas dez, resolve se levantar.

Mesmo porque, às onze e meia, tem a hora marcada de sempre no salão.

Mas, antes de entrar no banheiro, liga para Gemma.

— Você me convida? Não estou com vontade de almoçar sozinha.

— Pode vir, não tem problema. Eu também estou sozinha.

— E o Giancarlo?

— Hoje é o dia da visita quinzenal aos seus adorados pais. Levou junto o menino, que, claro, vai voltar com dor de barriga. Afinal, ser avô significa encher o netinho de doces. Você é que tem sorte de não ter filhos.

Não há nenhum subentendido na frase.

Não revelou para nenhuma de suas amigas as consequências do acidente de Giulio.

Para falar a verdade, contou para Stefania. Mas só para ela.

— Então chego à uma?

— Estarei esperando.

Deixa o celular no criado-mudo, mas tem de buscá-lo em seguida porque tocou.

— Alô!

— Oi, meu amor.

Uma onda de calor nasce no seu peito, desce pelo estômago e avança ainda mais para baixo.

É Mario.

— Oi.

— Sai na janela.

— Ah, não, seu louco!

— Sai na janela.

E desliga.

Ela permanece por um instante paralisada, com o celular na mão.

Será que passou a noite toda na frente da sua porta? Ficou louco?

Põe o robe, vai até a sala; Elena, ainda bem, não anda por ali. Escancara a porta da sacada e sai.

Mario está em seu posto de observação, mas não passou a noite de sentinela: usa uma camiseta diferente.

Está levando o celular ao ouvido; em seguida, Ariadne ouve o seu tocar.

— Eu amo você — diz Mario.

Tantos outros já disseram isso. Giulio, nunca.

Ela não responde com um "eu também", como talvez Mario estivesse esperando, porque certamente aquilo não é amor.

O garoto está fazendo uma grande confusão. Ele só sente um imenso, irrefreável, urgente desejo pelo corpo dela; seu coração não tem nada a ver com isso.

Ela também o deseja, talvez um pouquinho menos do que ele, mas sabe muito bem que não se trata de amor.

— Você é um doido.

— Que ama muito você.

Ela tem vontade de sorrir.

Uma noite, Ganzella a levou ao teatro.

Assistiram a uma cena como essa: ela, na sacada, se chamava Julieta; ele, Romeu, e estava lá embaixo, na rua.

Só que não se falavam ao celular. E ele não chegava de *scooter*.

A história, porém, ela lembra que terminava muito mal.

— Desculpa, mas tenho o que fazer.

— Joga um beijo para mim.

Quanta bobagem! É mesmo um moleque!

Não tem a mínima vontade de fazer essas tolices, no entanto, se não fizer o que ele pede, é bem capaz que fique plantado ali o dia inteiro.

Olha a casa de frente, não tem ninguém na janela. Além do mais, está distante, então leva o indicador e o dedo médio até os lábios, depois os vira na direção dele e assopra.

Logo ouve a voz de Mario ao celular.

— Isso. Vai ser suficiente até hoje à noite.

O TODOMEU

Ela volta para dentro.

O que ele quer dizer?

Está pensando em arrumar a mesma confusão da noite passada?

Quer grudar feito carrapato?

Tudo bem, ela gosta de transar com ele; na verdade, gosta muito, transaria agora mesmo, mas não suporta todo esse sentimentalismo.

Nesse caso, os sentimentos não entram, nem devem entrar.

Mas como fazê-lo entender isso?

Desde então, tio Arturo pegou o hábito de ficar mais tempo na casa delas.

Ia dormir com sua avó e nunca, nem uma vez sequer, tentou entrar no quarto de Ariadne à noite.

Tinha medo da avó, que era uma mulher enérgica, impulsiva, e que o levava na rédea curta.

Então ele ia à forra no bosque ou quando a senhorinha ia à cidade.

Até que um dia, ela tinha dezesseis anos, sua avó a mandou ao refúgio de Saverio, o mago.

Era chamado assim porque conhecia todas as ervas curativas.

Ela nunca o tinha visto em pessoa, mas sempre ouvira falar dele.

Esperava encontrar um velho de barba; no entanto, se viu diante de um homem de quarenta anos, magro, rosto marcado, um grande volume de cabelos negros com algumas mechas brancas, estendido na grama com o torso nu.

— De onde foi que você apareceu?

— Sou neta da Camilla.

— Qual é o seu nome?

— Ariadne.

Ele a observou em silêncio por um longo tempo.

Ariadne teve a impressão de que aqueles olhos penetravam não só pela sua roupa, mas por baixo da sua pele.

Então o homem se levantou, se postou à sua frente, muito próximo, e pousou a mão direita em sua barriga, apertando com delicadeza.

E logo em seguida repetiu o gesto, fazendo uma careta.

Ela ficou tão desconcertada que não sabia como reagir.

— Você veio aqui por causa do seu problema?

Do que ele estava falando?

— Eu não tenho problema.

— Você tem, só que ainda não sabe.

— Do que...

— Presta atenção: quando você souber o que é, se precisar de mim, pode vir, estou às ordens. O que você deseja?

Disse qual erva sua avó queria, entregou o dinheiro ao homem e recebeu o que viera comprar

Um mês depois, se deu conta de que o tio Arturo a engravidara. Não podia contar para a avó, ela colocaria os dois na rua.

Assim, agora que sabia que tinha um problema, decidiu procurar Saverio.

Oito

As amigas confessam segredos a Ariadne.

E sempre a colocam num altar, a chamam de santa, porque é a única a não ter um amante.

— Mas como uma mulher como você...

— Dá para ver que o Giulio...

— Giulio deve ser um homem maravilhoso, consegue ter você inteira para ele, inclusive sentimentalmente...

— Você não sente falta de um pouco de novidade?

— Fala a verdade, nem em pensamento?

Para encurtar a conversa, admitiu, mentindo, que sim, de vez em quando, em pensamento, pois é natural.

Declara, porém, que, ao ato em si, preferiu renunciar.

— Por quê?

— Porque acho que não conseguiria ficar com dois homens ao mesmo tempo.

Disse a verdade.

Saverio a fez abortar. Foi algo que ficou entre os dois, não contou nem ao tio Arturo que estava grávida.

— Deve ficar deitada pelo menos por uma hora — disse Saverio, que fora impecável.

Não a constrangeu; foi discreto, silencioso, exato.

Além do mais, não fez nenhuma pergunta, não quis saber de quem estava grávida.

— Quanto devo?

— Pelo quê?

— Por isto.

— Por enquanto, pode deixar para lá — diz Saverio, sorrindo.

Ao voltar para casa, sua avó reclama que está sentindo muitas dores nas pernas. Como se não bastasse, tio Arturo viajou, ficaria fora cerca de um mês, e por alguns dias caberia a Ariadne ir até a cidade vender as frutas.

Fica feliz com a notícia da viagem de tio Arturo, não tem a menor vontade de senti-lo em cima dela, ofegando. Ele tem um suor ácido.

A ideia de embolsar uns trocados da avó lhe ocorre já no primeiro dia que vai para a cidade. Seria muito fácil, a avó confia nela.

Consegue separar um bom dinheiro.

E assim, depois de um mês, decide quitar uma parte da dívida com Saverio, a quem nunca mais vira.

Vai visitá-lo numa tarde de céu escuro. A avó não queria nem deixá-la sair, aonde que ela ia com esse tempo, mas Ariadne insistiu, contou que de manhã tinha encontrado Caterina, uma colega de escola, e que combinaram de se encontrar à tarde. Enfim, ela foi.

Saverio está retirando a pele de um coelho.

Parece ficar contente ao revê-la.

— O que você veio fazer aqui?

— Vim adiantar parte do pagamento.

Saverio começa a rir.

— Mas eu não quero o seu dinheiro!

— E o que você quer?

— Ainda não entendeu?

Ela entende e fica vermelha. Isso raramente acontece com a menina.

O TODOMEU

Saverio percebe.

— Não deve ficar ofendida. Mas se foi o caso, pode ir embora.

Ela não se mexe, não se ofendeu.

— Não quero apressar você — declara Saverio. — Quando quiser, você vem. E se não desejar me pagar com a moeda que pedi, deve ficar tranquila, não vou fazer nada, não vou chamar a polícia. Pode se sentar. Vou terminar aqui e depois bebemos juntos um copinho de um extrato de ervas que é minha especialidade.

Quando se acomodou, o temporal despencou lá fora.

E durou horas. Impossível voltar para casa.

E assim, durante todo o almoço, foi obrigada a ouvir a lista de lamentações de Gemma sobre Filippo, seu amante.

— Por exemplo: ontem telefonei para ele, disse que estaria completamente livre hoje, que à tarde teríamos pelo menos umas três horas, e faz um tempão que não ficamos todo esse tempo juntos. Sabe o que o idiota me respondeu? Que ia assistir a um jogo de futebol, que já tinha marcado com dois amigos, que não podia no último minuto... Depois, se sou eu que não posso encontrá-lo, e por motivos certamente bem mais sérios do que um jogo, ele se irrita, diz que não o amo mais, que não dou atenção...

Enfim, uma chatice.

Melhor do que almoçar sozinha, porém.

— Está com fome? — pergunta Saverio, levantando da cama.

— Não.

Claro que está com fome, mas prefere ficar enroscada nele, ronronando como uma gata.

Meu Deus, como foi bom!

Tão diferente do tio Arturo.

Acha até que desmaiou em um certo momento. Ou, se não desmaiou, deve ter se ausentado por alguns segundos.

Ela se espreguiça.

O temporal não dá sinal de trégua.

Olha Saverio, nu, iluminado pelo fogo da lareira. Que músculos!

— Preciso fazer xixi.

— Se você estiver disposta a ir lá fora com esse tempo...

Não está.

No entanto, a vontade é cada vez mais forte. Precisa de... isso, de uma bacia.

— Você não me arranjaria...

Não completa a frase. Mudou de ideia. Não está com vontade nenhuma de fazer qualquer movimento, o mínimo que seja.

Seu corpo está tão relaxado, tão feliz, tão satisfeito, que não conseguiria se levantar da cama.

Tem uma sensação de bem-estar absoluto.

Fecha os olhos para senti-lo melhor.

— O que você quer? — pergunta Saverio.

— Nada.

Ele se deita novamente e a abraça.

— Mas o que é isso molhado? — pergunta, surpreso.

Ela se apavora. Quando acontecia, levava uma surra da avó.

Fala com um fio de voz.

— Fiz xixi na cama.

Saverio fica mudo por um instante, em seguida começa a rir.

Ri tanto que seus olhos se enchem de lágrimas.

• • •

O TODOMEU

Enquanto vai na direção do carro para voltar para casa, liga o celular que manteve desligado durante todo o almoço. Recebeu três mensagens, todas de Mario.

A primeira diz:

"Eu amo você."

Na segunda aparece:

"Eu amo você mais do que o outro eu amo você."

E a terceira:

"Eu amo você muito muito mais do que os outros dois eu amo você."

Ela sorri. Que bobinho!

Naquela manhã, chegou à praia com Giulio. Três rapazes conversavam na beira da água, eram os candidatos.

O casal se acomodou nas cadeiras da areia para observá-los por trás de seus óculos escuros.

Depois, apareceu aquele garoto que, evidentemente, tinha vindo por conta própria. Sentou-se sob o guarda-sol ao lado deles. Carregava dois livros bem arrebentados, um caderno e uma caneta. Tomava notas. Provavelmente, um estudante matando aula.

Um corpo magro, nervoso, ágil.

Ela tirou os óculos por um instante e seus olhares se encontraram por acaso.

A partir desse momento, ele não tirou mais os olhos de cima dela; deixou os livros de lado, se agitava, babava.

Por que não?, perguntou a si mesma.

Seria uma novidade ir para a cama com alguém que a desejasse de fato. Diferente de transar com um garoto de programa, que o fazia por dinheiro.

— E se eu quisesse aquele estudante? — pergunta a Giulio.

— Ele é menor de idade!

— E daí?

— E daí que ele pode se recusar, se ofender e nos denunciar.

— Não acredito nisso.

Giulio não sabe mesmo lhe dizer não.

Meio relutante, se levanta e se aproxima do jovem.

— Posso conversar com você?

O menino titubeia, pensa que Giulio foi ameaçá-lo por estar hipnotizado, olhando para sua mulher.

— Mas eu não fiz nada...

— Eu sei, eu sei...

O garoto, confuso, fica de pé. Giulio vai para o lado dele, e eles caminham.

Depois, ela vê o rapaz, que volta apressado, pegar os livros. Não dirige o olhar para ela, vai embora correndo e desaparece dentro do quiosque de Franco.

Está decepcionada, pelo visto Giulio não conseguiu convencê-lo.

Seu marido chega, permanecendo de pé.

— Pronto.

— Mas ele foi embora!

— Não foi embora, foi apenas guardar os livros na scooter. De início, achou que eu estivesse brincando. Ainda não sei se está completamente convencido. Vou avisar ao Franco para tirar os outros daqui.

Em seguida, o garoto reaparece e deita de bruços, com a cabeça na direção dela e os olhos fascinados.

Ela sorri para ele.

Ele não corresponde; é como se estivesse entorpecido, talvez pense estar sonhando.

Franco sai do quiosque, chama os três rapazes e os leva dali. Agora não há mais ninguém na praia.

Giulio retorna.

— Vamos?

— Vamos.

— Vem — diz Giulio ao rapaz.

Ele se levanta e os segue.

Assim que entram na cabine, ela tira o biquíni e se deita na espreguiçadeira.

O rapaz para com as costas apoiadas na porta fechada.

— Qual é o seu nome? — pergunta Giulio.

— Mario.

— Você estuda?

— Estou no terceiro ano do ensino médio.

— Por que você não tira a sunga?

— Depois.

— Depois de quê?

— Depois que o senhor for embora.

— Mas eu não vou embora — responde Giulio.

O rapaz estremece, está a ponto de virar de costas, abrir a porta e sair.

— Deixa de ser criança — fala ela, baixinho.

Mario para, a observa, depois começa a tirar a sunga; está deliciosamente amuado.

A presença de Giulio acaba com a sua festa, é evidente que o envergonha. De fato, seu desempenho é bem medíocre no final.

Porém, aproveitando enquanto Giulio se veste, Mario sussurra no ouvido dela:

— Quero encontrar você sozinha.

E diz um número de celular. Ela, por sorte, tem boa memória.

• • •

Chega em casa, e logo Elena avisa que Giulio está ao telefone.

— Liguei na hora do almoço, mas Elena disse que você tinha ido à casa da Gemma. Fez bem. Sabe que aqui está chovendo?

— E aqui está um calor infernal, mais do que ontem. Você vai ter que ficar mais tempo?

— Tenho quase certeza que não, salvo algum imprevisto.

Ela vai se deitar. Não está com vontade de fazer nada. Deve ser o calor.

O retorno do tio Arturo depois de apenas três semanas foi uma surpresa.

No dia seguinte a sua chegada, tio Arturo salta sobre Ariadne, a joga contra a parede e começa a se despir.

—Você não sabe quanto...

Ela o empurra com força para longe.

Tio Arturo, que não esperava a reação — ela sempre fora tão dócil —, fica alarmado.

— O que foi?

— Não quero que você toque nunca mais em mim. Senão...

— Senão?

— Conto para a vovó.

O soco que tio Arturo desfere em seu estômago é como um coice.

Ela cai de bruços no chão, com as mãos no ventre, gemendo de dor.

Tio Arturo se abaixa, levanta sua saia, tira sua calcinha.

Ainda bem que amanhã é domingo, Elena estaria de folga, e assim poderia subir até o todomeu e ficar lá o quanto quisesse. Teve a ideia de levar os pratos e, ao meio-dia, almoçar lá em cima.

Já fizera isso quando pequena — no outro todomeu, quando sua avó ia à cidade.

O TODOMEU

Além do mais, é absolutamente necessário contar para Stefania o que está acontecendo com Mario e pedir o conselho dela.

Não que Stefania seja sempre muito sábia, às vezes é até meio doidinha, mas, quando se esforça, sempre acaba dizendo algo de útil.

Ariadne realmente está com ideias confusas em relação a como se comportar com esse garoto.

Uma parte dela sugere que a melhor solução seria cortar tudo o mais rápido possível, desistindo também do encontro marcado para quinta. Por mais que ela quisesse muito ficar com ele outra vez. Paciência.

Podia ligar para ele agora mesmo e dizer que mudou de ideia, assim, sem maiores explicações; que não quer vê-lo nunca mais na vida, chegando até a ameaçar de chamar a polícia caso ele apareça de novo em frente ao portão.

Claro, Mario não apenas não se conformaria, como teria uma reação violenta; é fácil prever. Está muito apaixonado por ela.

Portanto, o ideal seria que tudo se resolvesse antes da volta de Giulio.

Caso contrário, haveria um escândalo. Seria inevitável.

E ela não pretende perder Giulio por nada nesse mundo.

Pois bem, vamos elucubrar.

Ela liga para ele e diz que está proibido de vir, mas mesmo assim ele vem, então ela telefona para a polícia...

Um momento.

O que diria à polícia?

Bem, isso é fácil, diria que o garoto a viu na praia, a seguiu de *scooter*, e que desde então não lhe dá sossego; perdeu completamente a cabeça, a persegue com o celular, sabe-se lá como conseguiu seu número...

Não, não funcionaria, no telefone de Mario há uma chamada sua.

Aquela em que marcou o encontro deles a sós em Canneto.

A verdade viria à tona.

Então seria melhor obedecer à sua outra parte, aquela que aconselha a não impedir Mario, a se deixar transportar passivamente por sua corrente impetuosa, dure quanto durar.

Porque é certo que, passado o primeiro furor heroico, cedo ou tarde, ele vai se cansar dela.

Esperemos que seja mais cedo do que tarde.

Ela realmente não consegue ficar por muito tempo com dois homens; é assim: suporta por alguns dias, mas só por alguns dias.

Ou um ou outro.

Nove

— Por que não contou para a sua avó, hein, sua vagabunda? — diz tio Arturo, em cima dela, ofegante.

Teve de ceder à força pela segunda vez.

Foi no barracão, onde tinha ido buscar um carrinho para as frutas. Retém com dificuldade as lágrimas de raiva.

Por um instante, visualizou uma foice ao alcance das mãos e ficou tentada...

Não a apanhou, mas jurou que aquela seria a última vez.

No dia seguinte, foi à casa de Saverio.

Depois do sexo, ele perguntou:

— O que está havendo?

— Por quê?

— Você estava muito dispersa.

De fato, só pensava no tio Arturo.

— Quando não estiver com vontade, fica em casa — fala Saverio. — Não gosto de ir para a cama com você enquanto pensa nas suas galinhas.

— Eu não estava pensando nas galinhas.

E conta tudo, sem tomar fôlego, como um rio que transborda. Conta até que tio Arturo é o pai da criança abortada.

— Não suporto viver assim. O que eu posso fazer? Por favor, me ajuda. Aquele homem me dá nojo, se me obrigar a fazer aquilo outra vez, eu me mato.

Espera alguma resposta de Saverio.

Que não vem. Nada.

Ele a observa em silêncio, demoradamente, buscando seus olhos.

Então se levanta e veste as calças.

— Veste as roupas que nós vamos sair.

Ela está desapontada, esperava um conselho, uma palavra de apoio, não aquele silêncio quase hostil.

Quer apostar que ele ficou com raiva porque ontem ela esteve com tio Arturo?

Mas ela disse que ele a pegou à força e que ele lhe dá nojo!

De toda forma, se levanta e se veste, como mandou Saverio. Não imagina aonde ele quer levá-la.

Eles saem. O céu está límpido, não se vê uma nuvem. Ele carrega duas velhas bolsas a tiracolo.

Embrenham-se bosque adentro.

De vez em quando, Saverio para, pega a faca, se abaixa, apanha as ervas que interessam e as guarda nas bolsas.

Caminham há meia hora e ele ainda não abriu a boca.

Que bicho o mordeu?

Não deve estar ofendido, pois em um certo momento parou, a tomou nos braços e a beijou.

No entanto, por que não fala?

Então, de repente, diz:

— Olhe lá, no chão, debaixo daquele pinheiro, no meio das folhas caídas.

Ela olha.

— Não estou vendo nada.

Aproxima-se e agacha.

Agora sim, pode ver: quase totalmente encoberta pelas agulhas do pinheiro, uma plantinha miúda, composta de duas folhas em forma de flecha, verdes e roxas, e uma minúscula flor amarela no centro.

O TODOMEU

— *Esta aqui?*

— *É.*

— *E o que é?*

— *Você tem que ficar longe desta planta.*

Abaixa-se para colhê-la, a segura entre os dedos e mostra a Ariadne.

— *É muito venenosa, mortal. É só desidratar, deixar três ou quatro dias no sol, levar ao forno, e num pilão, fazemos virar pó. Basta uma pitada na sopa ou onde quiser e você mata uma pessoa na hora. E os médicos atribuem a morte a uma parada cardíaca.*

Joga no chão a plantinha, pisa em cima.

— *Aqui nos arredores encontramos aos montes.*

Retoma a caminhada. Ela o segue.

Talvez exista uma solução.

Não estar em casa e sumir quando ele chegar na sua *scooter* caindo aos pedaços.

Podia sair pelas oito, jantar sozinha no restaurante de sempre, depois ir ao cinema e então passar a noite num hotel qualquer. Era só levar a bolsa grande.

Ao sair, diria para Elena que se aparecesse um garoto disposto a fazer escândalo, podia chamar a...

Não, não, não. Voltamos ao começo.

A sua ausência não resolveria nada.

Aconteceria a mesma confusão, quem sabe até pior. Isso era algo a ser evitado a todo custo.

E então, o que fazer?

Irrita-se consigo mesma, sempre conseguiu encontrar soluções rápidas e seguras diante das dificuldades. No entanto, agora titubeia, tem dúvidas.

Não se reconhece nessa nova Ariadne.

E não gosta do que vê.

Sua avó foi à cidade. Ela preparou a sopa e a colocou no fogo. Está tranquila porque tio Arturo acompanhou a avó.

Porém, ele surge do nada, às pressas, lançando-a sobre a pia, com o rosto para baixo.

Dessa vez, ela não reage. Deixa-o à vontade.

— Fiz você mudar de ideia, não é? — pergunta orgulhoso tio Arturo, já que ela nem tentou se rebelar.

Não responde, retomando seus afazeres no fogão.

Sentiu-se exatamente igual a uma galinha montada por um galo.

Sua avó chega depois de uma meia hora.

Está exausta, suas pernas doem cada vez mais. Senta-se para comer.

Tio Arturo também se senta e enche o copo de vinho. Toma a metade, como se quisesse lubrificar a boca e a garganta.

Dando as costas para os dois, ela despeja duas conchas de sopa no prato de tio Arturo, que é o primeiro a ser servido.

Então, enche o prato da avó e o coloca à frente dela.

Por fim, vai se sentar também.

— Uma delícia! — exclama tio Arturo, que engoliu a primeira colherada.

"O que não mata, engorda", pensa ela.

Deve ter adormecido sem perceber, pois, quando abre os olhos, descobre que lá fora é quase noite.

Elena bate à porta discretamente.

— Dona Ariadne, o jantar está pronto.

O TODOMEU

Mas já é tão tarde?

Vai ao banheiro refrescar o rosto, então resolve que é melhor se refrescar inteira, pelo menos tomar uma ducha rápida. Sente-se toda pegajosa de suor e sono.

Quando se senta à mesa e Elena serve o prato de vitela imersa na maionese de atum, a cor amarronzada do molho lhe provoca uma leve náusea.

Não, não pode comer, tem certeza de que vai vomitar.

Dentro do peito está um verdadeiro caos.

Deve ter sido esse sono fora do horário.

— Elena, não estou com fome. Não tem um pouco de salada?

Sim, e a salada desce bem melhor. Depois, come dois pêssegos grandes.

Chega. Quando está para se levantar, ouve o toque do telefone.

Elena vem trazendo o telefone sem fio.

É Giulio. Parece eufórico.

— Acho que consegui ajeitar tudo.

— O que você está fazendo?

— Agora vou a outro jantar de trabalho e depois vou dormir. Estou morto de cansaço. Posso ligar para você mais tarde?

— Também vou para a cama daqui a pouco.

— Então boa noite e até amanhã.

Não é verdade que vai logo para a cama.

Não quer receber um telefonema de Giulio enquanto está ocupada cuidando de Mario.

Mas que saco!

Queria encontrar um jeito de cair fora o mais rápido possível dessa situação que a perturba tanto.

Quem sabe poderia ligar para ele, dizer que levou um tombo, que está no hospital e que não adianta procurá-la.

91

Imagine!

Aquele doido ia fazer o diabo com Elena para saber em que hospital estava internada e terminaria descobrindo o engodo.

Ia ficar furioso.

Um ano após a morte do tio Arturo por uma parada cardíaca — foi o que disse o médico —, sua avó caiu de mau jeito dentro de casa e quebrou o fêmur. Ariadne, que retornava da cidade, a encontra no chão reclamando de dor, sem poder se mexer.

Tenta acomodá-la da melhor maneira possível e volta correndo para chamar socorro.

Levam sua avó para o hospital.

Ela fica sozinha em casa e Saverio vem visitá-la todas as noites. Parte todas as manhãs, ao nascer do sol. São noites de sonho.

Quando sua avó recebe alta, ela se dá conta de que tudo mudou, a vida não seria mais a mesma que levavam antes.

Sua avó consegue andar, claro, mas com a ajuda de um par de muletas.

E envelheceu; parece ter, agora, todos os seus muitos anos.

No dia em que Ariadne foi ao hospital para buscá-la, o médico a chamou para uma conversa.

— Peço encarecidamente que você faça sua avó tomar todos os remédios prescritos. Ela está muito doente.

Doente? Sua avó? Que maluquice!

— Mas ela nunca foi a um médico na vida!

— Exatamente. Se tivesse se consultado antes, hoje não teria o coração nessas condições. E cuidado para que ela não se canse, nunca, por nenhum motivo.

Assim que voltam para casa, começa a guerra.

O TODOMEU

Porque a avó quer continuar a fazer tudo o que sempre fez, e ela tenta impedir.

Após alguns meses, vence.

Agora, quando o tempo está bonito, sua avó se senta em uma cadeira, lá fora, para tomar sol, e, quando chove, a mesma cadeira é deslocada para perto da janela ou da lareira.

Ariadne não tem mais um minuto de folga, todo o trabalho caiu em suas costas.

Só pode ver Saverio raramente, mas, quando dá, correm para se esconder no todomeu.

Seis meses depois, sua avó não consegue mais ficar sentada.

Uma manhã, não é capaz de se levantar da cama.

Nunca mais se levantaria.

Ela fica ao seu lado dia e noite. Está mais magra, descuidada. E, sobretudo, cansada.

Sua avó piora rapidamente.

Não fala, apenas um longo lamento ininterrupto escapa de seus lábios.

Ela chama o médico. Ele a examina, encolhe os ombros, desanimado.

— Não há nada a fazer. Só podemos aguardar. Sinto muito.

— Ela está sofrendo?

— Acho que sim. E muito.

No dia seguinte, chorando, conta a Saverio o que disse o médico.

E Saverio:

— Eu me pergunto qual o sentido de deixar que ela sofra desse jeito.

Ela não responde nada, mas pensa que Saverio tem razão.

· · ·

Vestiu o robe e está sentada na poltrona, fumando e bebendo, assistindo a um filme na tevê. O celular está ao seu lado, na poltrona.

De repente, descobre que o filme acabou e ela nem percebeu. Diante de seus olhos, desfilaram imagens confusas e de um colorido violento. Não se lembra de nenhuma palavra dos diálogos.

Onde é que está com a cabeça?

Não seria melhor preparar um plano para quando Mario resolver acampar de novo na frente do seu portão?

Por outro lado, por que dar tanta importância ao que esse garoto vai fazer?

Que bobagem, é um menininho, não é um homem!

Não vai acontecer nada de grave, de forma nenhuma, se ela souber como administrar a situação.

No máximo, vai se repetir a mesma história da noite passada.

Vão se agarrar por uns minutos, trocar mais um beijo apaixonado, e pronto, termina aí.

Mas, antes disso, ele vai suar, ah, vai.

Ela poderia se deixar acariciar por mais tempo, ou então acariciá-lo um pouquinho, enfim, contentá-lo minimamente para mantê-lo calmo; isso não seria má ideia.

Porém, sem passar dos limites.

O portão deveria estar bem trancado entre os dois, o que serviria como uma garantia.

Entretanto, e se Mario enfiar na cabeça de aparecer também no domingo à noite, quando Giulio estiver de volta?

Não, isso ela impediria, de qualquer maneira.

Nem em pensamento.

O que pode fazer?

• • •

O TODOMEU

Depois da morte de sua avó, Saverio praticamente veio viver com ela. Costuma chegar pelas seis, eles jantam e vão para a cama.

Separam-se de manhã. Ele volta para o refúgio no bosque, ela vai para a cidade.

Sente-se satisfeita e tranquila, experimentando uma sensação de paz interior, como se o seu sangue fluísse em perfeita harmonia com a natureza que a circunda.

— Preciso dizer uma coisa.

— Pode falar.

— Vou embora amanhã.

— Vai ficar fora muito tempo?

Ele hesita antes de responder.

— Talvez para sempre.

É como se tivessem colocado uma enorme pedra de gelo sobre todo o seu corpo.

— Tenho quarenta e três anos. Não tenho nada, vivo o hoje sem pensar no amanhã. Cansei. Você entende?

Lágrimas silenciosas começam a escorrer pelo rosto dela.

— Vai para onde você bem entender, não posso impedir, não sou sua mulher — rebate, áspera.

Então, ele conta que irá viver na Alemanha, na casa de uma irmã, casada com um alemão, que lhe arrumou um emprego de guarda-florestal.

— Vão me pagar bem.

Ela está desolada, mas também furiosa: ele fez tudo escondido, sem lhe revelar suas intenções.

Ela nunca teve segredos para ele.

Mas, se é assim, então boa viagem.

Diz não para Saverio quando pede a ela que façam amor uma última vez.

— *Você me leva à estação?*

— *Não.*

Algum tempo depois, já sozinha, ela também se cansa de viver assim.

É quando decide vender tudo e ir para a cidade trabalhar como empregada.

A empregada vem dar boa-noite.

— A que horas você vai para casa amanhã?

— Às oito, como sempre. A senhora precisa de alguma coisa?

— Antes de sair, você me acorda com o café?

É cedo para ela, mas odeia acordar sem o cheiro de café.

Normalmente, aos domingos, Giulio, que a conhece bem em todos os detalhes, leva o café na cama, no lugar de Elena.

— Claro, dona Ariadne.

Dez

Ganzella fazia questão que levasse o café para ele na cama todas as manhãs.

Se na noite anterior, por algum motivo, não tinha estado com ela, às vezes, abrindo os olhos, ordenava:

— Fica.

Ela obedecia, sabendo o que iria acontecer.

Parada de pé, ao lado da cama, esperava.

Ganzella se recostava na cabeceira e bebia o café com uma lentidão exasperante. Devolvia a xícara vazia.

— Pega um cigarro para mim.

Ela pegava um cigarro do maço e lhe entregava.

Ele o acomodava entre os lábios.

— Acende.

E então, depois da primeira tragada:

— Tira a roupa.

Ela sabia que o striptease devia durar o tempo exato do cigarro do advogado.

Assim que ele apagava o toco no cinzeiro do criado-mudo, ela chutava a calcinha para longe.

Então Ganzella erguia o lençol.

— Vem.

O celular toca.

— Cheguei — diz Mario. — Estou aqui na frente.

Andrea Camilleri

Nesse momento, Ariadne finalmente consegue tomar uma decisão. Vai resolver tudo em poucos minutos e mandá-lo embora.

— Quer que eu apareça na janela?

— Quero entrar.

Ela já esperava por esse pedido, sua reação é rápida.

— Você está doido? E se o Giulio descobre você aqui?

— Não estou pedindo para entrar na casa. É só abrir o portão. Fico no jardim, prometo.

— Um vizinho pode confundir você com um assaltante, já imaginou o escândalo?

— Se você descer e eles virem que me conhece, ninguém vai se assustar.

Ah, claro, que ideia genial!

Toda a vizinhança assistindo de camarote enquanto ela, de robe, no jardim, se diverte com um garoto.

O coitado do Giulio ia virar motivo de chacota no bairro.

Bem, mas se ela resolver ir até o portão, Mario vai ter de suar, e muito, antes de ganhar o jogo.

— Não vou descer — fala com firmeza.

E desliga.

Fica esperando que ele ligue de novo.

Nada, silêncio.

Fica aflita. O que ele deve estar arrumando?

Levanta-se, vai até o *fumoir*.

Encostado no meio-fio, sentado na *scooter*, Mario está às voltas com alguma coisa que ela não consegue entender o que é.

De vez em quando, o objeto em suas mãos reluz, deve ser algo de metal.

E de repente, estarrecida, descobre do que se trata quando Mario leva o objeto à boca.

O TODOMEU

É um trompete.

Deus do céu, ele quer tocar aquilo? Vai acordar o bairro inteiro.

Vão chamar a polícia! Ai, ai, ai!

Não lhe resta alternativa senão descer correndo e abrir o portão.

Ele venceu, tem de admitir.

E se for um blefe?

E se ele percebeu que o estava observando e quis assustá-la?

Não é possível que seja tão louco a ponto de...

Naquele momento, no silêncio da noite, ecoam as primeiras notas da marcha nupcial.

Ela se afasta da janela num salto, como se as notas fossem balas perdidas; está apavorada, tampa os ouvidos com as mãos.

Mas esse moleque é doido varrido!

Além do mais, desafina que é um horror.

Toma fôlego e se aproxima novamente da janela. Certamente algo vai acontecer, alguém vai reclamar.

Não demora para um velho de cueca gritar da sacada da frente.

— Se você não parar com isso, desço aí e quebro a tua cara!

Uma velha histérica vem logo lhe dar apoio de outro apartamento:

— Eu vou chamar a polícia!

Mario continua a tocar, impassível.

Então, de uma terceira sacada, surge uma gorda segurando uma panela. Ela estica o braço e entorna o seu conteúdo.

Deve ter uma boa mira porque Mario é forçado a interromper a música, encharcado por um líquido que Ariadne espera que seja água

— Obrigado pelo banho! — zomba Mario.

E recomeça a tocar em meio a insultos e impropérios dos moradores do prédio da frente que, a essa altura, já se multiplicaram.

De repente, Mario para de tocar, guarda o trompete, dá a partida na *scooter* e desaparece num raio.

Andrea Camilleri

Só então Ariadne ouve uma sirene aproximando-se a toda velocidade.

A polícia.

— Fugiu por ali — berra a velha histérica.

A viatura sai cantando pneu.

Ariadne torce para que o peguem e o coloquem na cadeia.

Porém, ainda que não consigam, sabe que Mario não é tão inconsequente a ponto de aparecer ali de novo.

Vai se deitar.

Foi Ganzella quem tocou no assunto pela primeira vez, uma noite, na sua cama.

— O que é que você tem?

— Eu?!

— É, você.

— Nada. Por que você está me perguntando isso?

— Tive a impressão de estar transando com uma boneca inflável.

Evidentemente, seu corpo não sabe mentir.

Sinal de que ela chegou ao limite.

Mas Ganzella muda de assunto.

— Ah, queria dizer que domingo vou caçar.

Ganzella é um autêntico caçador da velha guarda.

Tem três espingardas e vai dedicar toda a tarde de sábado, véspera da caçada, para fabricar os cartuchos de que vai precisar.

Explicou que os cartuchos vermelhos são preparados dosando pólvora e projéteis de maneira que funcionem mesmo com vento forte; já os cartuchos verdes servem para um vento médio, os azuis para pouco vento e os amarelos para quando não se move nem uma folha.

O TODOMEU

Terminada a preparação dos cartuchos, inicia a limpeza meticulosa da espingarda escolhida.

No dia seguinte, pela manhã, enquanto Ganzella vai comprar o jornal, Ariadne telefona para Vanni.

— No domingo, Ganzella vai caçar. Estou livre. Se você quiser, podemos passar o dia juntos.

— Vou ficar esperando. Vem assim que puder.

No ritual da longa e minuciosa preparação dos cartuchos, sua participação é obrigatória.

Ganzella, depois de trabalhar na balança, passa para ela o cartucho cheio.

Sua tarefa consiste em colocá-lo no tubo de feltro e, depois, no tubo branco e fino de papelão, para, então, encaixá-lo em uma maquininha dotada de uma manivela, que deve girar duas ou três vezes.

Desse modo, a base do cartucho, dobrando-se sobre si mesma, fecha hermeticamente.

Ganzella percebe que há algo errado com a espingarda assim que a carrega.

Os cartuchos não deslizam com facilidade, precisa fazer uma certa pressão para que entrem no cano.

— Esta espingarda está muito suja, faz muito tempo que não uso.

— Por que você não leva outra?

— Não, é melhor limpar esta aqui.

Ele a descarrega, pega uma hastezinha especial e um pano embebido em óleo lubrificante para armas, limpa demoradamente os canos, posiciona a vista, olha através de um cano e depois de outro.

Não parece muito satisfeito.

O telefone toca, Ganzella se levanta para atender.

Em seguida, faz sinal para que ela continue o serviço, o telefonema será longo.

Ela põe as luvas de látex porque aquele óleo faz muita sujeira. Começa a limpar.

Ganzella termina a conversa; enquanto falava, não a perdeu de vista um segundo. Ele se senta, pega a espingarda e a carrega.

Apesar da prolongada e dupla limpeza, os cartuchos ainda deslizam com dificuldade ao entrar.

Assim, ele se levanta, vai até o escritório, volta com uma lanterninha em forma de caneta, se senta e a acende.

— Pega a espingarda e aponta para mim. Cuidado que está carregada.

Ela pega a arma, segurando a coronha com as duas mãos, os cotovelos apoiados na mesa.

Ganzella aproxima o olho do primeiro cano, tentando deixar penetrar um pouco de luz da lanterna.

O toque do celular a desperta num sobressalto.

Olha a hora. Uma e quinze.

— Oi, amor.

— Você é um cretino ou o quê? — sussurra Ariadne, fingindo que Giulio está em casa.

Mario ignora o comentário.

— Não conseguiram, me livrei deles. Só que vim parar do outro lado da cidade. — Dá uma gargalhada. — Não me pegaram.

— Fico feliz por você. Mas deviam ter pegado, você merecia uma lição. Tem ideia da palhaçada que fez?

Mario começa a rir mais alto.

— Você ainda não viu nada.

Meu Deus! O que ele vai fazer?

— O que você pretende?

O TODOMEU

— Olha, estou voltando. Quando chegar aí, ligo de novo. Você desce e abre o portão. Combinado? Senão...

Faz uma pausa de efeito.

— Senão?

— Você e os seus vizinhos vão assistir a um lindo espetáculo pirotécnico com disparo de rojões e foguetes.

Ela fica enregelada de medo.

— Oi? — diz com a voz trêmula. — Você bebeu?

— Eu não bebo.

— Por favor, me escuta...

Está falando sozinha, Mario já desligou.

Não, fogos de artifício não!

De uma hora para outra, entretanto, percebe que não está mais furiosa.

Foi invadida por uma sutil e curiosa sensação de regozijo.

Que um menino se disponha a cometer verdadeiras loucuras por ela, no fundo, no fundo, até que lhe faz bem.

Mas agora não tem mais saída, quando Mario disser para descer e abrir, ela vai ter de descer e abrir.

Nem Vanni, na famosa noite da festa em que se viram pela primeira vez, se comportou de maneira muito sensata.

Os dois se entenderam de imediato: bastou uma troca de olhares por alguns instantes para que tivessem certeza de que o destino comum de ambos estava traçado.

Por isso, ele não teria motivo algum para querer se destacar entre as pessoas e, no entanto, começou a gesticular; a dançar, de cócoras, aquela dança russa em que se lança uma perna para frente, depois a outra; e a se exibir em um tango com o garçom.

Ganzella saíra da festa bem cedo, pois no dia seguinte ia caçar. Tinha chamado um táxi, deixando o carro com ela.

Vanni parecia possuído por um demônio: agora cantava a plenos pulmões um trecho da Traviata.

Uma hora depois, ela também decidiu ir para casa. Não estava cansada, mas não queria que aquele homem, de quem não sabia nada, mas de quem, desconfiava, logo saberia tudo, tombasse no chão acometido por um infarto.

Não fazia dez minutos que dirigia quando foi ultrapassada por um carro que a cortou na estrada.

O carro freou.

Ele saiu e se aproximou, sorridente.

— Meu nome é Vanni, e o seu, qual é?

— Ariadne.

— Deixa o seu carro aqui e vem no meu. Voltamos para buscar, pode ficar tranquila.

Ela obedeceu sem piscar.

Olhou o relógio. Duas da madrugada.

Vanni deu a partida como se estivesse em Indianápolis; correu a cento e oitenta por cerca de meia hora, arriscando um encontro desastroso com a polícia.

Mas ela também gostou disso.

Saíram da cidade, ele pegou uma estradinha rural e, alguns minutos depois, parou o carro.

— Vamos.

Estavam no meio de um vasto campo, iluminado por uma lua gigantesca, e a noite exalava um cheiro de capim recém-cortado.

Uma cama macia, enorme, toda verde.

— Como você descobriu este lugar?

— Passei por este local hoje de manhã. E pensei que seria maravilhoso vir aqui com a mulher amada.

Ela voltou para casa às cinco da manhã.

Ganzella, que havia acertado o despertador para as seis, dormia pesado.

Tirando a roupa, sentiu que sua pele exalava um perfume de capim fresco.

— Pode descer.

— Pode esquecer.

— Como é?! Quer que eu comece o show pirotécnico?

— Não, por favor, não.

— Então você sabe o que deve fazer.

— Presta atenção. Não posso descer agora, preciso de uns quinze minutos. Quero ter certeza de que Giulio está dormindo, entende? Você consegue ficar calmo por um tempinho?

— Vou tentar. Mas você não está armando nada, não é?

— Para com isso!

— Jura.

— Juro.

— Está bem, quinze minutos. Nem um minuto a mais.

Ela corre para o banheiro, toma uma ducha rápida, veste de novo o robe.

Vai buscar a chave da garagem, descendo pela porta de trás da casa para que Mario não a veja.

Aciona o portão basculante da garagem, que da rua não se vê, acende a luz e olha para fora.

Então, abre a porta do Volvo e o deixa assim, com a luz interna acesa.

Apaga a luz da garagem.

Mario, ao vê-la surgir de repente atrás do portão, não contém um gritinho de alegria e dispara em sua direção.

Onze

Ariadne dá um passo para trás.

— Se eu deixar você entrar, me promete que vai embora em trinta minutos?

— Uma hora.

— Eu disse trinta minutos.

— Está bem. Combinado.

Ariadne abre o portão. Mario passa, e ela o fecha de novo.

O garoto logo tenta abraçá-la.

— Aqui não.

Vai para a garagem.

Mario a segue, colado ao seu corpo; as mãos enlaçam seus quadris, ele lambe sua nuca, esfrega o pênis em suas nádegas e respira forte com a impaciência de um touro jovem.

— Dona Ariadne! Dona Ariadne!

Ela só ouve uma voz distante, não compreende as palavras.

— Dona Ariadne! Acorda!

— O que é?

Ariadne responde de olhos fechados, não recuperou a consciência. Ainda está no interior de um abismo negro e, por um segundo, consegue subir à superfície.

— Trouxe o café como a senhora pediu. Já são oito horas, tenho que ir. Estou de volta amanhã.

Ariadne não é capaz de responder, o abismo negro a puxou novamente para as profundezas.

Foi se deitar às cinco.

Mas, mesmo dormindo, lá no fundo, sabe que não vai poder se conceder mais do que quinze minutos de sono.

E, de fato, seu despertador biológico toca pontualmente.

Às oito e quinze, abre os olhos, respira profundamente, faz xixi.

Adora sentir o líquido quente escorrendo e molhando seu corpo.

É um prazer que pode se permitir apenas no domingo de manhã, quando está sozinha em casa.

Delicia-se, com os olhos fechados, até que o xixi esfrie.

Mais tarde vai dar sumiço nos lençóis úmidos, colocando-os na máquina.

Recosta-se na cama, arruma os travesseiros e bebe o café praticamente gelado. Então, acende um cigarro, fuma, tenta se levantar e cai outra vez na cama. Suas pernas doloridas parecem feitas de gelatina.

Tenta de novo e agora consegue. Vai para a cozinha, requenta a sobra do café que Elena guardou num bule, bebe.

Fica apoiada na mesa, esperando que o café faça efeito.

Pouco depois, ouve o telefone tocar; vai atender.

É Giulio.

— Como você está?

— Tudo bem.

— Elena já foi?

— Já.

— O que você tem?

— Dormi pouco.

— Por causa do calor?

— Acho que sim.

O TODOMEU

— Vou ter que convencer você a colocar o ar-condicionado. Não entendo por que não...

— Podemos falar disso outra hora? Ainda estou atordoada.

— Desculpe. Queria confirmar que volto hoje à noite.

— Está bem. Que horas?

— O voo deve chegar às sete. Se não houver atraso, estarei em casa na hora do jantar.

— O que você quer que eu prepare?

— Nada. Vamos a um restaurante. Até a noite.

Ariadne vai ao banheiro.

Dormiu nua por conta do calor e, por isso, assim que acende a luz, vê seu corpo refletido no espelho.

Fica apavorada.

— Deus do céu!

Está cheia de manchas escuras.

Um pouco por culpa das quinas do Volvo, um pouco pelos chupões de Mario — que se espalham por todos os lugares, inclusive nos pontos normalmente inacessíveis.

Apesar de ter dormido como uma pedra por três horas, não se sente nem um pouco relaxada; ao contrário, está esgotada, sem energia.

Mario não é nem homem, nem bicho.

É uma força da natureza, um tsunami, um abalo sísmico.

A certa altura, você não consegue mais resistir, não consegue fazer outra coisa senão se abandonar, se deixar levar.

Esse menino é um mistério.

E não se pode dizer que tenha um porte atlético.

É tão magro que dá para contar suas costelas e, no entanto, é capaz de transmitir uma força e uma resistência devastadoras.

De fato, foi ela quem teve de dizer:

— Chega.

Uma palavra que sempre ouviu pronunciada por outros.

Pois bem, a experiência daquela noite lhe ensinou ao menos uma coisa.

Que Mario não pode ser considerado uma simples aventura que se esquece alguns dias depois.

Não, Mario marca a ferro, igual se faz com o gado.

E isso é um problema. Enorme.

A ser resolvido no máximo até as sete da noite.

Aliás, antes das dez da manhã.

Porque ela não conseguiu se conter.

Ou melhor, na verdade não conseguiu conter seus lábios, que falaram por conta própria, sem esperar que o cérebro enviasse qualquer ordem.

Enquanto se despediam, sua boca disse para ele que, se ele quisesse, podia voltar pela manhã.

Iam estar sozinhos, Elena estava de folga, e Giulio tinha de sair às seis para caçar.

Giulio nunca teve uma espingarda de caça; quando muito, às vezes joga golfe, mas, para a ocasião, ela resolveu lhe emprestar o esporte preferido de Ganzella.

Mario não podia acreditar. Começou a imitar o uivo de um lobo.

— Cala a boca, seu bobo! Se a vizinhança ouvir, dessa vez vai chamar os bombeiros.

— Às dez em ponto, estarei aqui.

Sai do banheiro, para diante do armário para escolher um robe limpo. São nove e meia.

Tem o tempo exato para uma consulta com Stefania. Apanha a chave do sótão, sobe as escadas, abre a porta, entra e acende a luz. Caminha

O TODOMEU

até onde ficam os fósforos e a vela, acendendo uma. Nota que a vela está no fim e a substitui por uma nova. Fez um estoque de duas caixas.

A primeira coisa que vê é um enorme rato morto ao lado da cadeira cor-de-rosa.

Ela não tem medo de ratos; aliás, nem liga para eles. Entretanto, não deveriam estar ali, ela mesma colocou veneno seis meses antes. Provavelmente entraram pelo vidro quebrado de uma daquelas janelinhas que serviam para deixar passar a luz que, no entanto, estão cobertas por uma película grossa de sujeira e não deixam entrar nada. Exceto ratos.

Olha em volta.

Com grande surpresa, percebe que Stefania não está ali.

E onde poderá ter ido? Chama por ela.

— Stefania!

A voz de Stefania chega de um ponto indefinido do sótão.

— Não vou para o todomeu.

— Por quê?

— Tenho nojo desse rato morto!

— Que bobagem! Deixa disso!

— Não vou, não vou.

— Sabe que eu odeio essas suas manhas?

— Vai, joga fora esse bicho!

— Está bem.

Em cima da mesa cor-de-rosa há uma revista feminina que comprou para Stefania. Assim, ela não se aborrece por ficar o tempo todo sozinha; quando tem vontade, lê. Ariadne arranca uma página, a posiciona sobre o rato, o apanha com a mão protegida pelo papel, sai do todomeu e abre o primeiro baú que vê pela frente.

Dentro dele encontra vários sacos de plástico e fita adesiva para fazer pacotes. Pensa que um dia poderão ser úteis para o todomeu e os separa. Então joga o rato lá dentro e fecha o baú novamente. Volta para o todomeu.

— Stefania! Agora pode vir!

Vira-se, e, veja só, Stefania está ali, no lugar de sempre.

— Levei um susto — diz.

— Por causa do rato?

— É. Foi ontem à tarde. Ouvi um barulho estranho. Levantei e fui ver o que era. Tinha um rato roendo a cabeça de vaca. Fiquei apavorada e voltei para dentro. Logo em seguida, ele se enfiou aqui. Mas já estava mal, tinha tocado na cabeça de vaca, sua sorte já estava marcada. Assim que percebi que estava morto, corri para fora.

O braço dela está adormecido, dói, então larga a mão de Vanni para massagear a pele.

A mão dele cai na cama como uma pedra.

Logo entende que ele está morto, não é necessário que a enfermeira lhe diga.

Não tem coragem de olhar seu rosto, um medo incompreensível a invade.

Não pode ficar naquele quarto nem um segundo a mais.

Levanta-se, sai às pressas, atravessa o longo corredor sempre correndo e, trêmula, chega ao elevador. Chama-o, entra nele e, quando desce no térreo, reinicia a correr como uma louca para o estacionamento. Não encontra o carro, mas não é que tenham-no roubado, só não lembra onde o deixou, não consegue se orientar. Então cai de joelhos, chorando.

É a primeira vez que um morto lhe dá tanto medo.

E pensar que até cinco minutos atrás ele ainda respirava, e ela segurava a sua mão, dizendo de vez em quando, baixinho:

— Por favor, Vanni, não me deixa!

Desde que diagnosticaram o tumor e disseram que seria fulminante, nunca mais deixou seu marido sozinho.

Dedicou-se a ele de corpo e alma, dia e noite, como fizera com a avó.

Mas, dessa vez, fez tudo desejando secretamente que a dor e o cansaço a matassem também.

Ou que acontecesse um milagre no último segundo.

Então por que esse medo absurdo agora?

Nunca teve motivo para se culpar em relação a Vanni.

Não, não é por isso.

É que sentiu morrer um pedaço de si mesma.

— O que você quer? Veio me contar alguma coisa? — pergunta Stefania.

— Queria falar daquele menino, o Mario.

— Então fala.

— Agora não dá mais tempo, ele está chegando.

— Aqui na sua casa?

— É.

— Ah — diz Stefania.

E mais nada.

— O que significa esse "ah"?

— Que, se você permitir que ele venha, é porque a coisa é séria.

— É séria; ou, ao menos, ficou séria.

— Desde quando?

— Desde a noite passada. Mas, talvez, seja melhor dizer que é relativamente séria.

— Relativamente a quê? — pergunta Stefania, maliciosa.

— Bem, acho que você entendeu. Agora preciso mesmo descer.

— Só uma coisa, por que não me apresenta a ele?

Andrea Camilleri

— Vou pensar nisso.

Entretanto, não tem intenção nenhuma de levar Mario ao todomeu. Só faltava essa! Conhecer uma coisa todinha sua, que ela só revelou para o Saverio e escondeu até do Giulio, de quem nunca tinha escondido nada até o aparecimento do Mario. Mas ela sabe que Giulio desconfia de algo. De vez em quando, ele diz:

— Você não me contou tudo a seu respeito.

Deixa a porta do sótão aberta. Desce.

Não consegue esconder de si mesma que está muito nervosa.

Talvez esteja fazendo tudo errado. Pode ser que o "talvez" nem se aplique.

Convidar Mario a vir a sua casa enquanto estava sozinha foi um erro enorme, que pode ter consequências gravíssimas. Agora se dá conta disso.

O garoto é do tipo que, se você dá um dedo, ele quer logo o braço. Vai querer sempre mais e mais dela.

É bem capaz de querer transar na sala enquanto Giulio está dormindo.

Mas ela não consegue se segurar, precisa encontrar Mario mais uma vez, ao menos uma vez; seu corpo pede, exige, deseja intensamente, sente a necessidade, a urgência.

Já são dez horas. Por que ele não apareceu?

Desce à sala, vai até a janela do *fumoir*, olha para a rua.

Mario não está.

Fica cinco minutos ali; fuma um cigarro, esperando vê-lo chegar.

Nada.

É tomada por uma ansiedade incontrolável.

O TODOMEU

O que fazer para passar o tempo? Vai até a cozinha, abre a geladeira. No sábado à noite, Elena normalmente prepara o almoço do domingo para ela e Giulio. É só esquentar. Torta de arroz, lombo, salada.

Arruma a mesa na cozinha. Só para um.

O toque do celular lhe dá um susto. Toca uma vez e para.

De novo, apenas um toque.

É o número do cretino. Deve estar com pouco crédito.

— Desculpa, desculpa, mil vezes desculpa.

— O que houve?

— Minha mãe se esqueceu de me acordar. Daqui a uma hora, no máximo, estou aí. Você me perdoa?

— Vê se não perde mais tempo.

Meu Deus, estão desperdiçando horas preciosas.

Depois de meia hora tirando o pó dos móveis, o celular toca novamente. É Gemma.

— O Giulio voltou?

— Está chegando.

— Ah, bom. Porque, se você estivesse sozinha, podia vir almoçar aqui.

— Obrigada, não precisa se preocupar, vou ter companhia.

Sente algo parecido com um espasmo no baixo-ventre.

De novo, toca apenas uma vez. Liga para o cretino.

— Não consigo dar a partida. Não tem jeito.

— Do que você está falando?

Quase grita, irritada.

— A *scooter*. Não consigo dar a partida.

— E daí? Pega um táxi.

— Meus créditos estão acabando e eu não tenho um centavo.

— Não tem importância, espero você no portão e pago a corrida.

— E como eu chamo um?

— Ué, liga de casa.

— Mas minha mãe está aqui. Se me ouvir chamando um táxi, ela enfarta.

— Então liga de um telefone público.

— Eu estou dizendo que não tenho dinheiro!

— Não tem um ponto de táxi aí perto?

— Não.

— Onde é que você mora? No fim do mundo?

— Mais ou menos.

— Diz para mim onde mora que eu vou buscar você.

— Não.

— Não? Por quê?

— Se minha mãe vir você...

Vão *pr'aquele lugar* você e a sua mãe.

— Não tem nenhuma merda de bar perto da sua casa?

— Tem.

— Vai para lá e me explica direito onde é.

Doze

Ariadne corre para o closet, tira o robe, veste uma calça jeans e uma camiseta.

Os espasmos se tornaram dolorosos.

Desce à garagem, entra no Volvo, dá a partida. Para chegar até onde se encontra Mario deve levar uma meia hora. Por sorte o trânsito está calmo, as pessoas foram à praia.

Está concentradíssima ao volante, atenta para não errar o caminho.

Pronto, olha lá o cretino na frente do bar.

Demorou vinte e cinco minutos. E vai demorar outros vinte e cinco para voltar. Resultado? Manhã perdida.

Freia, abre a porta.

— Entra.

Mario entra no carro visivelmente constrangido. Ariadne arranca, cantando pneus.

— Você me desculpa?

— Cala a boca.

Passa um tempinho:

— Pode me tirar uma curiosidade? — pergunta ela.

— Fala.

— O que fez com todo aquele dinheiro que o Giulio pagou a você?

— Dei para a minha mãe.

Ela fica perplexa.

— E ela não perguntou como você conseguiu?

— Eu disse que achei uma carteira na rua.

Mas que rapaz inteligente!

Logicamente que, diante do seu portão, se encontram o senhor e a senhora Barigozzi, noventa anos cada um, recém-chegados da missa; estão na paradinha habitual antes de atravessar a rua e entrar no prédio da frente. Já estão meio caducos, mas ainda têm boa visão, e, por isso, são muito perigosos.

Ela para o carro.

— Agacha aí do jeito que der.

Mario se encurva todo no banco.

Ariadne abre o portão eletrônico e educadamente buzina. Os velhinhos pulam como se uma bomba tivesse explodido, depois se afastam, trêmulos, um empurrando o outro. Ela entra na garagem, quase raspando no portão semiaberto, e guarda o carro.

Assim que estacionam, Mario se lança sobre ela e a abraça com uma espécie de rugido, puxando-a para perto, buscando furiosamente sua boca.

Ariadne está pronta para resistir, ainda que tenha que recorrer à força de vontade. Se dependesse apenas de seu corpo, resolveria o problema ali mesmo, no chão. Ela se protege.

— Não, aqui não.

Não quer de jeito nenhum terminar essa maldita manhã com uma rapidinha ofegante dentro do carro. Ainda consegue se controlar. Por mais que já seja meio-dia, por culpa desse idiota, eles ainda dispõem de algumas horas, dá para fazer tudo com conforto e no tempo necessário.

Saem da garagem.

Assim que chegam do lado de fora, começa a chover. O céu escureceu em poucos minutos. Entram na casa pela porta dos fundos.

— Está com fome?

— Estou. De você.

O TODOMEU

Ela sobe as escadas com Mario agarrado atrás dela. Tão agarrado que perde o equilíbrio.

— Para, seu bobo, que assim eu caio.

Abre a última porta do corredor: é o quarto de hóspedes. O cômodo é sempre mantido em ordem, apesar das visitas dos parentes distantes de Giulio serem raríssimas. Tem uma grande cama de casal. Está fresco no quarto, a janela dá para o jardim.

— Aqui? — pergunta Mario.

— Sim.

Ele faz uma careta.

— Quer ir ao Grand Hotel? — pergunta ela, irônica.

— Não, mas...

O garoto não se mexe, é como se, de repente, tivesse perdido o entusiasmo. Ariadne não quer gastar mais tempo perguntando o que há de errado: se aproxima dele, tira sua camisa, abre o zíper dele e começa a beijar seu tórax.

Ele a deixa fazer tudo, com os braços estendidos na cama, aquele biquinho amuado de criança. Uma delícia, é verdade, mas absolutamente inadequado naquele momento.

— O que foi?

— Aqui eu não gosto.

— Você prefere no carro?

— Não.

— Então onde é que você quer?

— Na sua cama.

Por um momento, fica desconcertada.

Se Giulio descobrisse, certamente não ficaria feliz. Interpretaria, e com toda razão, como um erro duplo.

Mas se o garoto insistir...

Ensaia uma frágil resistência.

— Está todo bagunçado!

— E daí?

— Tudo bem, vai.

A primeira coisa que Ariadne vê ao entrar no quarto é que metade da cama, aquela onde Giulio dorme, está intacta. Prova de que ninguém dormiu ali. Se Mario perceber, todas as suas mentiras sobre a presença do marido para impedir que ele entrasse na casa vão para o espaço.

E vai ter de perder mais tempo para acalmar a criança.

Em seguida, nota na sua metade a grande mancha de xixi; o calor ainda não conseguiu secá-lo.

Mas, por sorte, Mario não vê nada.

Abaixou seus jeans e sua calcinha e se ajoelhou diante dela.

Continuou chovendo.

Estava com a avó num dia chuvoso igualzinho a esse.

Tinham saído de casa com um lindo sol de agosto, mas, de repente, do nada, soprou um vento frio, o céu se encobriu de nuvens cinzentas e as primeiras gotas começaram a cair.

— Vovó, por que a gente não se protege da chuva?

— Não precisa se preocupar, daqui a pouco para de chover, o sol volta e a gente se seca. Essa é uma chuva boba.

E, de fato, assim foi.

Mais tarde, a avó explicou que existiam três tipos de chuva: a boa, a má e a boba. A boba era a que caíra naquela manhã.

— E por que boba?

— Boba porque é insuficiente, só molha a superfície da terra, mas tão pouco que a terra não experimenta nenhum frescor. Ao contrário, ela se irrita, porque é provocada. Não só não resolve nada, como atiça um desejo de água boa, sem satisfazer.

O TODOMEU

— *E qual é a boa?*

— *A boa é aquela que, quando chega o momento certo, quer dizer, quando a terra precisa de água, cai com vigor, com força, decidida. E dura por muitas horas. A terra gosta muito desse tipo de chuva. Porque não molha apenas a sua superfície, mas penetra lentamente, cada vez mais fundo; alcança as raízes, até as mais escondidas, que brotam, se sentem revigoradas, e também as sementes, que não esperavam outra coisa. Felizes, todas começam a desabrochar. Enfim, a água boa traz a primavera.*

— *E a má?*

— *A má é furiosa, enraivecida, maléfica. É tão violenta que arranca as folhas dos ramos, degola as flores, pisoteia a grama. Enfim, só traz danos e bem nenhum. E, às vezes, se transforma em granizo. Que é muito cruel e destrói as colheitas.*

A avó não previu que pudesse existir um quarto tipo de chuva, aquela que, sob a aparência de má, na verdade, é boa, muito boa.

Porque essa chuva a encharcou toda, penetrou profundamente, tocou numa raiz tão encravada dentro dela, tão escondida, que ela nunca pensou que tivesse.

— Que horas são? — pergunta.

Não está com vontade de olhar o relógio no criado-mudo. E quase não reconhece sua própria voz.

— Quatro — responde Mario.

E volta a abraçá-la.

Quando era pequena, gostava de ajudar sua avó a preparar o pão. A idosa juntava a farinha até fazer uma pequena montanha e depois fazia um buraco, igual a uma cratera de vulcão. A tarefa de Ariadne consistia em jogar dentro da cratera um pouco de fermento dissolvido em uma xícara. Então, sua avó começava a trabalhar a farinha com as mãos e, de vez em quando, pedia que ela acrescentasse mais fermento. Em seguida, acomodava a massa de pão em dois grandes pratos redondos e os colocava próximos à lareira apagada, longe das correntes de ar, com uma coberta de lã por cima. Sua outra tarefa, e dessa ela gostava muito, era verificar se a massa tinha crescido. Ela levantava uma beirada da coberta e olhava. Quando a massa triplicava de tamanho e já havia ficado compacta e plena, ela avisava a avó, que levava os pratos de volta para a cozinha e, de faca na mão, cortava pedaços da massa e fazia pãezinhos redondos. Por fim, os colocava dentro do forno.

Agora ela se sente plena, maior, como a massa de pão.

É uma sensação maravilhosa, nova, nunca havia experimentado nada igual depois de estar com um homem.

Olha para o relógio. São cinco e meia.

Será possível que adormeceu assim, sem nem perceber? Sim, é possível. Mario, com o rosto em seus seios, também parece estar dormindo.

Seria bom que ele começasse a ir embora.

Antes da chegada de Giulio, ela precisa de alguns minutos para arrumar o quarto, ir à cozinha, pegar uma porção de torta e de lombo e jogar fora, fingindo ter comido, para, depois, tomar um banho e ficar apresentável.

De acordo com a razão, ainda que esta aqui não conte muito, ou de acordo com o bom senso, não, não, este conta menos ainda, enfim, seria melhor acordar Mario e fazê-lo sumir.

Mas não está com vontade.

Só mais cinco minutos. Vamos lá, não é o fim do mundo.

Seu corpo diz que não conseguiria ficar sem Mario até quinta-feira, que é o único dia em que poderão se ver de novo.

Ela se conhece bem.

Ficaria nervosa, ácida, impossível. Tudo sairia errado. E Giulio acabaria percebendo que algo andava mal.

Conclusão?

Não resolve nada, o que já era previsível; ao contrário, essa história com o garoto se complica mais ainda.

"Deus do céu! Como a vida é complicada!", exclamou, depois de ver na televisão o caso de um sujeito envolvido em um imbróglio jurídico absurdo.

Giulio, sentado na outra poltrona, replicou:

— Deve perceber que, no início, a história não era nada complicada, foi ele próprio, que agora posa de vítima, quem fez com que tudo se complicasse. Deixou de responder uma carta e o mundo desmoronou nas costas dele. É parecido com você.

— Está dizendo que eu corro atrás dos problemas? — perguntou, irritada.

— Não, você não corre atrás dos problemas, é que a sua natureza é complicada.

Ficou magoada.

— Mas eu sou do campo!

— E daí?

— Os camponeses não são complicados.

— Se você acredita nisso, então é a exceção que confirma a regra.

Estava irredutível.

— Fala para mim quando eu pareci complicada na sua opinião!

— Você não parece, mas é. É como se guardasse, lá no fundo, um conflito sem fim, uma enorme contradição, que esconde muito bem. Dentro

de você, Ariadne, há um labirinto intrincado, cheio de esquinas escuras, de atalhos cegos, de abismos e cavernas.

— Pelo amor de Deus!

— Você não consegue ver ou não quer. E saiba que eu não me aventuraria em conhecer esse labirinto nem se você me desse abertura, Ariadne. Eu teria medo de encontrar o seu Minotauro. Não sou Teseu.

Mas do que ele está falando?

— Que história é essa? Quem são eles?

— Quem?

— Teseu, Minotauro...

Não sabia nada sobre o mito.

— Você não estudou isso na escola?

— Estudei, mas já esqueci.

Então Giulio contou.

Seria loucura ficar na cama ainda que só por mais um minuto.

— Mario! Mario!

Sacode o garoto levemente. Ele desperta num salto. Beija seus seios. E depois monta em cima dela. Está pronto para recomeçar.

— Não, Mario, não dá mais tempo.

— Que horas são?

— Seis.

— A que horas ele disse que volta?

— Às sete. E é pontual.

— Só mais quinze minutinhos...

Falando assim, ela não consegue negar.

Em seguida, Mario sussurra em seu ouvido:

— Não quero ir embora. Quero passar a noite com você.

Ariadne diz a primeira coisa que vem em sua mente:

O TODOMEU

— E o que você vai dizer para a sua mãe?

— Que vou dormir na casa de um colega da escola, porque assim podemos estudar até tarde. Já fiz isso outras vezes.

— E nas outras vezes era verdade?

— Bem, era. Só duas vezes que não.

— Entendi. E essas duas noites você ficou com a sua namorada?

— Eu nunca tive namorada.

— Sério? Nunca?

— Nunca.

Está curiosa.

— Mas já deve ter ficado com alguém!

— Não. Você é a primeira. Eu juro.

No entanto, dentro da cabine, ele não mostrara nenhuma insegurança. Parecera tão seguro de si!

Essa revelação, sabe-se lá por quê, a envolve em uma onda de ternura. Abraça-o com força, e ele diz:

— Não me manda embora.

— E o que você quer que eu faça? Eu ficaria com você, mas raciocina um pouco. O Giulio não demora a chegar.

Foi como falar com um surdo.

— Por favor, por favor...

Não responde, começa a avaliar todas as possibilidades.

Poderia escondê-lo na garagem. Afinal, Giulio não está de carro. O motorista da empresa vai buscá-lo, portanto ele não tem motivo para entrar na garagem.

No entanto, ele disse que vão jantar fora, então vão usar o carro.

Mario insiste.

— Só essa noite, por favor. Depois, juro que não vou mais incomodar, não vou procurar você, vai ser só quando você quiser e me ligar. Mas hoje à noite, por favor, me deixa ficar com você!

— Escuta, vai para o banheiro, toma um banho e se veste. Enquanto isso, vou pensar no que fazer.

— Verdade?

Mario a beija, feliz, e vai para o banheiro.

Treze

Pode mandá-lo para o terraço. Não, não dá. Continua chovendo.

No escritório? Nem brincando, Giulio vai sempre lá.

Ah, existe uma solução. O quarto de hóspedes.

Não, também não funciona. O marido guarda os ternos no armário de lá, ele pode querer usar um daqueles e aí...

E no quarto da Elena, que não volta antes das sete da manhã de segunda? Giulio nunca entrou no quarto dela.

É isso, é a melhor solução.

Quando Giulio pegar no sono, ela pode ir visitá-lo.

Mas vão ter de se contentar com algumas horinhas, não é possível passar a noite toda com ele. Muito arriscado.

O telefone de casa toca. São sete e dez. Meu Deus, é muito tarde! Voa escada abaixo.

— Oi, acabei de chegar — diz Giulio.

— Tudo bem?

— Tudo bem. Queria dizer que vou demorar para chegar em casa.

Ela deixa escapar um suspiro de alívio.

— O Cesari voltou comigo. Temos que conversar sobre a situação alemã e decidir algumas coisas para amanhã de manhã. Devo gastar uma hora. Vamos jantar um pouco mais tarde, está bem?

— Não tem problema.

Ela sobe, Mario está saindo do banho, já vestido.

— Arruma a cama comigo — pede Ariadne.

A palavra "cama" tem um efeito imediato sobre o garoto, que a agarra pelas costas.

— Antes de arrumar...

— Sem idiotice. Giulio já está vindo, telefonou do aeroporto.

— Que aeroporto? Ele não tinha ido caçar?

— Tinha, mas em Pisa.

A mentira saiu com toda naturalidade. Mario a engole.

— E onde eu me escondo?

— Já vou mostrar.

Terminam de arrumar a cama.

— Vem comigo.

Avança em direção à porta no final do corredor. Dá em um apartamentinho de quarto e banheiro.

— Você vai ficar muito bem aqui. É o quarto da empregada.

Gira a maçaneta, mas a porta não destrava.

Está fechada à chave, e a chave não está na fechadura.

Aquela cretina da Elena!

O que está pensando essa idiota? Que Ariadne vai fuçar nos trapos dela?

Quer ver que essa inútil levou a chave?

Corre até lá embaixo para verificar se, por acaso, não a deixou no meio das outras chaves penduradas na cozinha.

Claro que não.

Está desapontada, frustrada, irritada. Mas não há nada a fazer. É preciso aceitar a situação, ainda que dentro de si uma vozinha desesperada grite não, não, não...

— Sinto muito, mas você vai ter que ir embora. E correndo.

Ela esperava tudo, menos que Mario começasse a chorar. Duas grandes lágrimas descem pelo rosto dele.

O TODOMEU

De repente, some toda a sua irritação, apagada por uma ternura imprevista. Mario parece mesmo um menininho a quem negaram uma bala.

Então, só resta uma coisa a fazer.

Experimenta um segundo de hesitação.

— Você sabe guardar um segredo?

— Que segredo? — pergunta Mario, surpreso.

— O meu.

— Claro que sim.

— Então vem.

Abre a porta do sótão, entra. Mario a segue. Lá dentro está escuro. Pelos vidros estreitos e sujos não passa luz; além do mais, o céu está encoberto. Ariadne aperta o interruptor, mas apenas uma das duas lâmpadas se acende. A outra deve ter queimado. Mario se surpreende ao ver a quantidade de objetos e móveis que entulham o lugar, parecem um único volume compacto.

— Mas aonde você quer ir? — pergunta, vacilante.

— Até a parede do fundo.

— Tem como passar?

— Claro. Dá a mão.

Ela se lembra da história de Giulio sobre o labirinto. Bem, esse também é um labirinto, mas pequeno e caseiro, e ela conhece perfeitamente o caminho para entrar e sair.

— Não estou enxergando nada.

Ariadne o larga por um momento, tateia procurando a caixa de fósforos, a encontra, acende a vela e toma a mão de Mario outra vez, agora úmida de suor.

— Cuidado com a cabeça.

Instintivamente, Mario levanta os olhos para o teto, mas não vê nada em que pudesse bater. Ariadne percebe o seu movimento.

— Eu queria dizer cuidado com a cabeça de vaca.

Mario abaixa o olhar, vê o crânio e dá um salto para trás, largando a mão de Ariadne.

— O que é essa coisa? — pergunta com a voz meio trêmula.

— Já falei, é uma cabeça de vaca.

— E o que você faz com isso?

— Ela protege o meu segredo. É só fazer como eu: passa por cima e toma cuidado para não encostar.

— Por quê? E se eu encostar, o que acontece?

— Você morre.

Mario emudece e continua a segui-la, cada vez mais surpreso e impressionado.

Ariadne apoia o candelabro na mesinha.

— Este é o todomeu.

Ela se aproxima do rapaz e toca seus lábios com suavidade.

— Você é o primeiro estranho que entra aqui. Quer dizer, o primeiro homem. Bem-vindo. Agora vou lhe apresentar...

Olha ao redor. Stefania não está no lugar de sempre; certamente foi se esconder, quer observar Mario sem ser vista.

— A quem você quer me apresentar?

— A uma amiga.

— Você não vai me dizer que ela mora aqui dentro?

— Mora, por quê?

— Vai, para de história!

Ela se irrita.

— Eu não estou inventando história! Vou procurar por ela.

— Não! Não me deixa aqui.

— Bem, então vou chamá-la. Stefania! Stefania!

— Já vou — responde Stefania do lado de fora.

— Ouviu? Ela já vem vindo.

— Não ouvi merda nenhuma! — grita Mario. — E chega dessa brincadeira idiota!

Ela fica enfurecida.

— Eu não estou brincando! E idiota é você! Se disser isso mais uma vez, eu quebro a sua cara! Entendeu?

— Entendi — responde Mario, amedrontado.

— Muito bem. Então, presta atenção. Agora eu vou descer e pegar alguma coisa para você comer. Fica aqui e me espera. Você vai gostar, vai ver. Daqui a pouco a Stefania sai do esconderijo e vem fazer companhia a você. Ela é muito simpática! Lá pela meia-noite eu subo de novo, e ficamos um pouco juntos. Combinado?

— Não — responde Mario. — Eu não vou ficar aqui sozinho.

— Por quê?

— Porque esse lugar me dá medo.

— Mas é o todomeu!

— Pode ser todo seu, mas é uma merda.

E subitamente se lembra de Felice. Daquela vez que resolveu lhe mostrar o todomeu. Quantos anos se passaram? Vinte e cinco? Vinte e seis?

Não importa. Felice era uns dois anos mais velho que ela. O fato é que assim que entrou no todomeu, começou a se comportar feito um cretino.

— Lindo o seu castelo, princesa! É aqui que você vem encontrar o seu príncipe encantado?

Então ele viu a aranha Berta.

— E essa, quem é? A bruxa ou a rainha má?

Deu uma palmada nela, tentando esmagá-la na parede.

Nesse momento, Ariadne apanhou uma pedra e a usou para dar um murro no saco dele. Em seguida, com uma força que não imaginava

possuir, jogou o menino para fora. Cambaleante, Felice tropeçou na
cabeça de vaca e caiu para trás, batendo com a nuca em um enorme toco
de árvore. Ela percebeu de imediato que ele tinha morrido.

Quanto esforço para arrastar o corpo até o rio e atirá-lo lá dentro!

Felizmente, a aranha Berta escapou ilesa.

Está prestes a reagir quando vê Stefania esticar o pescoço de trás do
armário.

— Espera um momento, quero ficar sozinha com ele mais um
pouco — fala Ariadne.

Mario se vira num ímpeto. Então a observa. Agora está claramente
preocupado.

— Com quem você está falando?

— Com a Stefania.

— Não tem mais ninguém aqui.

— Antes tinha.

— Escuta — diz Mario —, não me leva a mal, não quero que você se
ofenda, mas mudei de ideia.

— Como assim?

— Vamos descer, e eu vou embora.

— E não vai passar a noite comigo?

— Não, não estou mais com vontade.

— Mas e eu? Como é que eu fico?

— Olha, não vamos brigar, vamos sair daqui.

— Não vou deixar você ir embora — afirma Ariadne. — Agora você
é meu.

E apaga a vela com um sopro.

• • •

O TODOMEU

Não foi nada fácil convencer Mario a ficar!

Quando Giulio finalmente volta para casa, ela está na entrada, pronta para recebê-lo e ir ao restaurante.

Eles trocam beijos.

— Está cansado?

— Um pouco. Você me dá dez minutos para um banho rápido? Saímos em seguida.

Ariadne liga a tevê e, sem prestar muita atenção, assiste a um debate sobre a eutanásia, até que Giulio desce.

— Vamos com o Volvo — diz Ariadne. Quer sentir novamente seu cheiro e o de Mario. — Aonde vamos?

— Ao centro, no Moresco.

É o restaurante mais sofisticado da cidade.

— Por que ao Moresco?

— Porque temos que comemorar o sucesso da minha missão em Berlim.

— Então deu tudo certo?

— Melhor do que eu imaginava.

E não acrescenta mais nada. Sabe que Ariadne não entende desses assuntos e, por isso, não gosta nem de ouvir falar neles.

— O que você fez? — pergunta Giulio de repente.

— O que mais eu podia fazer? Hoje passei o dia todo em casa.

— Não era isso que eu queria dizer.

— E o que queria dizer?

— O que você fez para ficar ainda mais bonita? Você está linda. Pode acreditar, assim que vi você, me perguntei isso. O que você fez? Foi a alguma clínica de estética?

— Não! Nunca fui a um lugar desses.

— Então eu diria que a minha distância faz bem a você. Fez com que desabrochasse novamente.

— Não fala bobagem!

O jantar acaba sendo ótimo. Bebem duas garrafas de champanhe.
Depois, voltam para casa.

Giulio vai se deitar, Ariadne também, em seguida. Ele a abraça.

— Meu amor.

— Apaga a luz.

— Por quê? — pergunta Giulio, surpreso.

— Hoje quero fazer com a luz apagada.

Giulio obedece.

Ela tira a camisola. No escuro, ele não pode ver as manchas em seu corpo.

Depois, ele adormece quase de imediato.

Ela espera, impaciente, que o sono dele se torne mais profundo para ir encontrar Mario.

Giulio só fez aumentar seu desejo pelo rapaz.

Sente seus nervos dolorosamente tensos. Os seios doem.

Finalmente acha que pode se levantar sem correr muitos riscos. Movendo-se cautelosamente, sai do quarto, abre a porta da casa, sobe as escadas e entra no sótão. Conhece bem o labirinto, não precisa acender a luz. Aproxima-se da cabeça de vaca. Dentro do todomeu, a escuridão é completa. Estranho que Mario não tenha acendido a vela.

— Mario?

Nenhuma resposta. Deve ter pegado no sono.

— Stefania?

— Estou aqui.

Ainda bem, decerto fez companhia para o Mario.

Sente algo pegajoso sob os pés descalços. Está toda nua, não vestiu a camisola.

— O que você derramou no chão?

O TODOMEU

— Não derramei nada — responde Stefania.

— Mas tem alguma coisa no chão.

— Claro que tem!

— E o que é?

— Acende a vela para ver! — diz Stefania.

E dá uma gargalhada. Quando ri desse jeito é porque aprontou alguma.

Então Ariadne começa a entender. Ainda no escuro, dá alguns passos até encontrar um obstáculo. Apoia um dos pés sobre ele, aperta. É um corpo estendido no chão. Só pode ser o de Mario.

— Está dormindo?

— Não.

É como se um punho gigantesco afundasse em seu estômago e o revirasse.

Começa a vomitar todo o jantar, todo o champanhe, e o vômito ácido espirra em suas pernas, em seus pés.

— Por que você foi tão cruel? — pergunta a Stefania quando consegue falar.

— Eu?! Foi você!

— Sua mentirosa imunda! Não é verdade!

— É verdade! Ele estava fugindo, tropeçou na cabeça de vaca e caiu.

Exatamente como aconteceu com Felice.

— Então você foi até ele e o arrastou para dentro.

— Não é verdade! Eu não arrastei o Felice para dentro.

— Quem é esse Felice? Estou falando do Mario. Ele começou a pedir socorro. Puxou o celular do bolso, queria ligar para alguém, então você apanhou a faca na mesinha, aquela que serviu para matar a Ornella, e furou a barriga dele.

— É mentira! O Felice bateu a cabeça!

— Não grita! E para com essa história de Felice. Não adianta nada. Tudo aconteceu exatamente desse jeito.

— Cala a boca!

— Não. Eu falo quanto e quando quiser.

E cantarola os versinhos:

> *Osa, osa, osa*
> *Ariadne é mentirosa...*

Ela dá um passo para trás, toca na mesinha, estica o braço, alcança a faca.

> *Ira, ira, ira*
> *Ariadne só fala mentira.*

Dá um salto para a frente, guiada pela voz de Stefania. Lança o braço. A voz se interrompe de súbito.

— Assim você aprende quem é mentirosa!

Trêmula de raiva, acende a vela. Que confusão essa idiota da Stefania arrumou! Por que fez tudo isso? Certamente ficou com ciúme do Mario. Não só o matou, como tentou colocar a culpa nas costas dela.

E agora? Como vai se livrar dos dois corpos?

Senta-se na cadeirinha cor-de-rosa.

Talvez o melhor seja rezar, como sua avó lhe ensinou.

Mas faz tanto tempo que não reza. Esforça-se para se lembrar das palavras.

O TODOMEU

Meu bom Jesus
Que morreu na cruz,
Ajude o pecador
Que ora com fervor!

E não se lembra do final. Mas a oração deve ter funcionado porque logo ela tem uma ideia. Levanta-se, apanha a vela, sai do todomeu e vai até o baú onde jogou o rato morto que punha tanto medo na cretina da Stefania. Pega os sacos de plástico e os rolos de fita adesiva e volta ao todomeu. Estica um dos sacos no chão, se abaixa, segura Mario pelos braços e o arrasta. Pensava que ele fosse mais pesado. Acomoda-o sobre o plástico e o embrulha, fazendo seu corpo rolar. O envoltório é tão grande que ele fica totalmente recoberto.

Por segurança, pega outra sacola e repete a operação. Passa a fita adesiva com todo o capricho.

Tem vontade de rir. Ficou parecendo uma múmia!

Agora o arrasta até o baú, abre o móvel e empurra o corpo ali para dentro. Volta ao todomeu, pega Stefania, a coloca sobre um saco plástico. No caso dela, um dá e sobra. Stefania também vai parar dentro do baú. Fecha a tampa.

Acabou, ponto final.

Sai do sótão, tranca a porta e desce. Entra no seu quarto, vai para o banheiro e se olha no espelho.

Está suja de vômito e sangue.

Não pode tomar uma ducha, ia fazer muito barulho. Entra na banheira e, de pé, se esfrega cuidadosamente com a esponja. Por fim, encosta o nariz no antebraço. Sua pele cheira bem outra vez.

Então vai para o quarto, pega a camisola, se veste e deita devagar.

Giulio dorme.

Fica pensando que nos próximos dias vai sentir muita falta de Mario.

Paciência; infelizmente, nem tudo na vida é como a gente quer.

Nota

Dois elementos inspiradores se encontram na base deste romance. O primeiro, de natureza literária, é *Santuário*, de Faulkner. O outro é um episódio de crônica policial, ocorrido em Roma há muitos anos, envolvendo um casal de aristocratas e um jovem estudante.

O personagem de Ariadne, absolutamente fictício, é, em parte, resultado de uma combinação, bastante livre, de trechos de histórias de mulheres que me foram contadas. Ou reveladas durante dois encontros na prisão. Em particular, quero agradecer a A.G., que me forneceu algumas pedras de seu pessoal e complexo mosaico feminino.

Todos os outros personagens, e as situações que os cercam, são de minha invenção.

Impresso no Brasil pelo
Sistema Cameron da Divisão Gráfica da
DISTRIBUIDORA RECORD DE SERVIÇOS DE IMPRENSA S.A.
Rua Argentina 171 – Rio de Janeiro, RJ – 20921-380 – Tel.: 2585-2000